Umschlag: & Co www.und-co.at
Satz: AD
Druck: CPI Moravia

ISBN 978-3-85420-754-2

Literaturverlag Droschl Stenggstraße 33 A-8043 Graz
www.droschl.com

stefan schmitzer

wohin die verschwunden ist, um die es ohnehin nicht geht

roman

literaturverlag droschl

1 plätze und hinterhöfe, lange vorher

und das wäre dann die urszene. zwei männer sitzen auf steinstufen, auf einem öffentlichen platz, in der sonne, nahe der schattenlinie dreistöckiger altbauten. sie teilen obst, ein sandwich, tee in pappbechern und zigaretten. sie reden nicht viel, aber betrachten einander und die zahlreichen passanten, als gäbe es da etwas zu reden zwischen ihnen, etwas, das seine zeit hätte, und die wäre fast da. der eine, der gestenlose, hat die zigaretten. der andere den rest. dies ist das dritte und letzte mal, dass sie sich treffen.

das erste mal war bei einer werksschließung. man war nebeneinander gestanden, unter hunderten, in der großen halle. zwei schichtarbeiter, verschiedene schichten. es hatte versuche gegeben, mit der firmenleitung zu verhandeln, dann, die halle zu besetzen. draußen an der märzluft das räumkommando der polizei, grüppchen uniformierter zwischen den wartenden abriss- und baugeräten. als die meisten arbeiter die halle verließen, war man nebeneinander losgegangen, bis zum drehtor und danach weiter. man wartete nicht aufeinander, man sah sich nicht an, man hatte den selben weg. hinter ihnen welche, die noch protestierten, und vor ihnen solche, die eilig zu den busstationen gingen, zu familien, die warteten. dann war man auf einer bank gesessen, in einer grünfläche, bei einer breiten ausfallstraße, und hatte einander biografien vorgelogen. schließlich war einer der beiden aufgestanden und gegangen. der andere, mit blick auf die tauben am straßenrand und auf die ersten frühlingsblumen in der kargen erde, war geblieben, ohne ihm nachzurufen.

das zweite mal, monate später, auf einer wohnungsparty. der eine als gast der studentin, die geburtstag hatte. woher er sie kannte, war nicht mehr auszumachen. der andere kam in begleitung eines alten freundes, musiker, langsam die treppe rauf. in der tür sah man einander an. die völlige fremdartigkeit der typen, die hier feierten, blitzte auf. es gab gelächter, knurrend, komplizenhaft. man stand in der küche und saß später auf einer couch. gespräche dann über dritte, und mit ihnen. vodka. die gemeinschaft löste sich auf. man war noch nicht um zu vieles gealtert.

dies also das dritte mal. ein jahr oder so ist vergangen. der eine eben arbeitslos geworden, oder frisch aus dem knast raus. hungrig jedenfalls, gierig, still. über den platz hereingebrochen mit wiegenden schritten, hängenden armen, gesenktem kopf. von jedem im blickfeld registriert, wie ein straßenbaugerät registriert wird, das mit fünf km/h durch die zone pflügt. man wich ihm aus, mit ebenso bedächtigen bewegungen wie den seinen, ohne blickkontakt. dann sahen sie einander, nickten. der andere seit kurzem als künstler erfolgreich. er selber würde sich seine arbeiten nicht ansehen. verschlungener zufall hat dazu geführt, dass sie ihn ‚entdeckt' haben. er krakelt mit verschiedenen kugelschreibern auf servietten rum, ohne zu denken. das zahlt ihm, jetzt mal für ein paar monate, miete und essen. er verbringt damit fünfundvierzig stunden die woche, buchhaltung und kontaktpflege eingerechnet. der erste setzt sich zum zweiten auf die steinstufen, die zu einem bankinstitut gehören. keiner kennt den namen des anderen. man grüßt sich nicht. man breitet aus, was man hat. zigaretten, essen, tee. sogar, dass sie lächeln.

der, der dazugekommen ist, erzählt dem, der schon da war, von einer schafweide innerhalb der stadt, hinter den reihenhauszeilen. zufahrt über ein stück feldweg, ziemlicher umweg, aber zu fuß fünf minuten bis zu einer busstation. da hat er, so sagt er, die letzten drei tage gearbeitet. geschlafen unter einem baum. es hätte, betont er, auch ein zimmer für ihn gegeben, aber er wollte so wenig wie möglich drinnen sein. nach dem grund dafür gefragt, wird er fahrig, spricht mit lauterer stimme weiter, bemerkt davon aber nichts. die hände bleiben unbewegt. der, der schon hier war, begnügt sich damit, die zwischenfragen zu stellen. gleicht den menschen neben ihm mit dem bild in seinem kopf ab. mit den zuckenden lippen nach der wer weiß wievielten runde vodka, auf der couch, auf der party, unter jüngeren menschen als hier. macht ein pokerface, das nicht lügt. es gäbe woanders in der stadt eine verabredung. die lässt er sausen und sagt das auch, während der, der schafe gehütet hat, luft holt. nichts, was man gemeinsam gesehen hat, hat relevanz. oder auch nur wirklichkeit. die fabrik ist geräumt, da sitzt jetzt die verwaltung einer anderen firma drin, und die party ist lange vorbei.

die stadt ist anders, sie sind anders. der eine erzählt, dann sind sie still und sehen sich lange an. nicht zärtlich oder so, bloß im unklaren darüber, was sie miteinander zu tun hätten. der, der schon hier war, sagt was von einer frau, bricht aber mitten im zweiten satz ab. der andere nickt knapp.

dann ist der schatten da. geht ihnen bis zu den hüften, als sie ihn registrieren. man rückt einige meter weiter auf den stufen. balanceakt mit zwei halbvollen bechern, einer vollgebröselten zeitung, auf der zigarettenstummel liegen, einem jackett und einem pullover. nicht genau balance. aber: überdeutliche wahrnehmung von schwerkraft und muskelanspannung. zuviel tee, zuviel nikotin. der, der von einer weide gekommen ist, spricht das aus. die schlecht eingeübte beiläufigkeit eines satzes, während sie sich neu auf dem platz orientieren, mit gut eingeübter genauigkeit des blicks über mittlere distanz.

jemand geht auf sie zu, und sie bemerken das gleichzeitig. lehnen sich synchron zurück. schultern und hinterköpfe an kaltes glas. schnelles scharfstellen der ruhe, die ihrer falschen vertrautheit entwächst. was, so denkt der eine, der künstler, von außen wohl nach alter freundschaft oder eingespielter arbeitsgemeinschaft aussieht. verhält sich entsprechend: versteift sich. kaum bewegliches genick. verkrampfter handballen. der andere atmet schneller als nötig. eben: das nikotin. wer da kommt, ist ein mädchen mit jungem gesicht, stumpfem blick und großen brüsten. ein dünner rosa pullover. hastige bewegung. angoraimitat. sie geht auf die beiden männer zu, nicht bloß in ihre richtung.

sie baut sich vor ihnen auf, wirft kontrollblicke. nervös. die männer sehen sich an, verständigen sich stumm, nein, man kennt das mädchen nicht. dann wieder synchron die köpfe in ihre richtung. sie überwindet die restdistanz, geht in die hocke, auf augenhöhe der beiden, sieht sie abwechselnd an, immer hin und her mit dem ganzen oberkörper. als wären die augen starr eingeschraubt in den kopf, der starr den schultern aufgesetzt wäre, denkt der, der zuerst hier war und nur kurz eine zigarette rauchen wollte, bevor er weitergegangen wäre. in schnellen, undeutlich artikulierten sätzen spricht sie, und ihr puls ist dabei, zu beschleunigen.

drüben, auf der anderen seite des platzes, in der eisdiele, sei ein mann. der große mit der jeansjacke, den kurzgeschorenen haaren, der pferdeledernen tasche. käme gleich wieder raus, mit zwei tüten eis in der hand. noch steckte er in der menschentraube, aber nicht mehr lange. die bitte des mädchens ist: dass die beiden ihn aufhalten, um dem mädchen zu ermöglichen wegzulaufen. sie spricht ohne emotion. nichts lässt vermuten, wie ernst sie es meint, oder welcher natur ihre beziehung zu dem mann in der eisdiele ist.

so, aus der nähe, ist nicht mehr klar, ob sie sehr jung und frühreif ist, oder älter, vielleicht fünfundzwanzig, und geistig zurückgeblieben, oder auf droge. ihre augen sind ohne regung. sie hat gesagt, was sie zu sagen hatte, jetzt steht sie wieder auf. bittet noch einmal. infantil, bohrend. dann geht sie los, auf die gasse zu, die am weitesten von der eisdiele entfernt ist. nicht mehr ganz so hastig, aber immer noch schnell.

die beiden männer könnten sitzenbleiben und warten, bis der mann aus der menschentraube tritt, sich umschaut, das mädchen entdeckt, ihr nachrennt, sie stellt. dann wüssten sie, ob er ihr bruder ist, oder ihr vater, oder ihr freund, oder etwas anderes. vielleicht auch, weshalb sie weglaufen will. dann könnten sie entscheiden, ob die bitte des mädchens gerechtfertigt war. bloß der bitte entsprechen könnten sie dann nicht mehr.

der mann kommt aus der eisdiele. eindeutig. sie hat ihn gut beschrieben. er ist noch mit sich selbst beschäftigt. zuerst erhebt sich der künstler, ein wenig schwerfällig, drückt seine zigarette mit der hand an der steinstufe aus, wartet. der schafhirt folgt ihm. sie überqueren den platz langsam, und es kommt ihnen viel zu schnell vor. herzschlag rauscht. der mann mit der jeansjacke verzieht das gesicht. er tritt zurück in die diele, stellt die eistüten ab, leckt sich ein rötliches rinnsal vom handrücken, als er wieder rauskommt, und will loslaufen: er hat das mädchen in der gasse auf der anderen seite des platzes verschwinden gesehen, eben noch. sein gesicht verrät resignation, gut kontrollierten zorn, keine überraschung. der schafhirt und der, der schon auf dem platz war, als der schafhirt über ihn hereinbrach, sind jetzt bei ihm.

sie packen den mann, kaum, dass er einen laufschritt getan hat, bei den armen. jeder an einer seite. der mann verliert das gleichgewicht. was ihn hindert zu fallen, sind die vier hände, die ihn halten. jetzt ist er überrascht. lässt einen gutturalen schrei los. steht wieder da. seine arme entspannen sich. die hände, die um seine arme geschlossen sind, auch. die beiden männer sagen nichts, sehen einander oder dem kerl in der jeansjacke nicht in die augen. passanten werden aufmerksam. in der eisdiele verstummen die gespräche. man dreht sich um, beobachtet. etwas entfernt kreischt metall auf metall. eine baustelle, dem blick entzogen.

der künstler zählt von zehn auf null, stumm. mit zusammengebissenen zähnen. bei sieben, bei fünf, zwischen vier und drei, versucht der typ in der jeansjacke, sich zu befreien. macht einen ruck mit dem ganzen körper. holt dann mit den unterarmen aus, um mit der faust einen der beiden männer zu treffen. es gelingt ihm nicht. solange er die situation nicht versteht, und solange sie ihn halten, ist er ungefährlich. höchstens, dass sie einige ausfallschritte mitvollziehen müssen. alle drei gesichter hochkonzentriert. bei null sind sie fast in der mitte des platzes, gut von überall zu sehen. in den augen des mannes mit der jeansjacke ist panik. er beginnt zu schreien. worte. die beiden, die ihn halten, hören nicht zu. der künstler lässt los. der schafhirt noch nicht. die nun freie hand des mannes schnappt nach dem schafhirten, hält seine kehle, presst. beide männer fallen um, der in der jeansjacke obenauf. der künstler holt aus und tritt dem, den er eben losgelassen hat, in den bauch. der krümmt sich, hustet, sein gesicht quillt auf. er rollt zur seite. schon steht der schafhirte aufrecht, dreht sich einmal um sich selbst, fängt die szenerie ein. etwa hundert beobachter. die bedienung in der diele an einem telefon, spricht leise, hastig. der künstler packt ihn an der schulter. sie laufen los. nach jacke und pullover greifen sie, ohne stehenzubleiben. die zigaretten, den tee, das halbe sandwich lassen sie liegen.

ehe der mann sich aufrichten und orientieren kann, sind der schafhirt und der künstler in derselben gasse verschwunden wie das mädchen vor ihnen. das sonnenlicht ist jetzt ganz von dem platz gewichen. der tee in den pappbechern wird schnell kalt. drei tauben nähern sich und picken nach krumen. der mann in der mitte des platzes, auf allen vieren, ruft etwas, das vielleicht der name des mädchens ist, vielleicht bloß eine verwünschung. einige passanten treten zu ihm. man ist sich nicht sicher, ob man ihm aufhelfen oder ihn mit sanftem druck zum sitzenbleiben zwingen soll. leise ergeben einander rede und gegenrede. anderswo würde das geflüster gehässig klingen. der mann steht auf und macht keine anstalten, den beiden schlägern hinterherzurennen. langsam beruhigt sich sein atem. er blickt von einem der passanten zum nächsten.

der kerl, der drei tage auf einer schafweide gearbeitet hat, und der andere, der zur zeit von sinnlosem gekritzel leben kann, das in gut ausgeleuchteten räumen für ein gut verdienendes publikum aufgehängt wird, holen das mädchen ein, drei wegbiegungen weiter. sie haben die richtung erraten, in die es will, und die route obendrein. der künstler spürt stolz in sich, ganz kurz, auf seine instinktsicherheit, die ebensogut die des anderen, des schafhirten, des ausgehungerten sein könnte, und dann, ebenso kurz, stolz auf eine plötzliche gemeinschaft, die solches verwischen der instinkte mit sich bringt. als sie links und rechts von dem mädchen anlangen und mit ihr in gleichschritt fallen, lächelt er dünn.

das mädchen sagt nichts. blickt nach links und rechts, wieder mit diesen starren augen, diesem pendeln des kopfes, registriert die männer, wird nicht schneller, nicht langsamer, nickt leicht vor sich hin. die beiden sagen nichts. der eine, der schafhirt, räuspert sich, greift in seine jackentasche, flucht. die zigaretten sind auf dem platz geblieben. man biegt zu dritt in einen anderen belebten platz ein. hier weniger müßiges publikum. hier das umhereilen von arbeitern, handwerkern, angestellten. die sechzehn-uhr-pause der einen ist um, die sechzehn-dreißig-pause der anderen beginnt, dritte haben feierabend. kaum autos auf der schmalen fahrbahn am fernen ende des platzes. zwei imbissbuden. öffentliche bänke, blätternder lack. menschen auf botengängen. gelächter. schließlich, das sieht der künstler, als er schräg hinter sich blickt, in seinen toten winkel, die baustelle, deren geräusch vorhin zu hören gewesen war: schwere rohre werden im untergrund verlegt. wie groß die stadt ist, lässt sich denken.

den platz überqueren sie, ohne das schweigen zu brechen. das mädchen kennt das wegenetz besser als die beiden. niemand scheint ihnen zu folgen. eine polizeistreife, zwei mann, und sie werden nicht einmal genauer gemustert. schmale passagen, weite innenhöfe hinter alten holztoren, treppen, unvermutete grünflächen, arkaden von verkommenen bürgerhäusern, gassen, die der künstler nicht gekannt hat. namenlose gassen.

irgendwann, viel später, ohne langsamer zu werden oder außer tritt zu kommen, hat das mädchen die arme von sich gestreckt und die rücken der beiden berührt. jetzt liegen ihre hände um die hüften der männer, und deren arme wandern über ihre schultern. jetzt: in einer gasse mit alter pflasterung, die von grünzeug gesprengt wird, irgendwo in umittelbarer nähe jener ausfallstraße, über die der schafhirt vor drei tagen in die stadt gekommen ist. noch immer ist kein wort gesprochen worden. die panik, gewalt ausgeübt zu haben, ist aus den gesten der männer verschwunden. man atmet ruhig. man fühlt sich sicher.

in einem weitläufigen innenhof ficken sie schließlich. rund um sie, nicht genau rechteckig angeordnet: neubauten. büros und lichte wohnungen wohlhabender, mehrheitlich junger menschen. die trittpfade im lehmboden, der geräteschuppen, die wenigen bäume und sträucher zwischen den neuaufgeschütteten beeten, um vieles älter als die gebäude. es ist ihnen egal, ob man sie sieht. das mädchen hätte gefahr signalisiert, wenn da gefahr wäre. sie kennt alle orte, und inzwischen ist es abend.

sie ist stehengeblieben. ihre arme haben beide männer mit gleicher kraft an sich gezogen. sie hat kein wort gesagt. ihre stumpfen augen sind stumpf geblieben. bloß, dass sie gelächelt hat, und später gegrinst und geschnaubt. plötzlich wie ein kleines tier mit einem vogelküken zwischen den spitzen zähnen. triumph. wie ein mit mühe einstudierter tanz, als ihre hände über die wirbelsäulen des künstlers und des schafhirten hinaufwandert sind, und hinunter. die beine, starr, ein fuß vor dem anderen, klassische pose. ihre brustwarzen unter dem angoraimitatpullover. dann hat sie den einen geküsst, dann hat sie den anderen geküsst, dann hat sie gelacht. dann hat sie die beiden losgelassen, den pullover ausgezogen, unter dem sie nackt war, ihre hose aufgeknöpft, gewartet. und die ganze zeit dieses lächeln. vögel in einem der bäume. das schlagen einer tür über ihnen. immer das rauschen von verkehr. gespitzte zungen auf ihren armen, brüsten, wangen. haben die männer sie zu boden gezogen, grob an ihrer hose gezerrt, bis die sich runterziehen ließ, und sie auf den bauch gedreht.

das mädchen, mit vorgestreckten armen. ihre brüste drücken in den lehm, ihr rücken drückt ihren arsch in die luft. der schafhirte hinter ihr. der künstler vor ihr. ihr mund, ihr rücken, ihre scham. wie einstudiert, als wären sie bemüht zu ficken, wie man in pornofilmen fickt. und doch mit ruhe. die achtsamkeit der männer, einer auf die gesten und bewegungen des anderen. bemüht, in beinah lächerlicher weise, um symmetrie. später dreht sie sich zwischen ihnen. nochmal später, dass beide männer sich fallen lassen. liegen sie alle drei auf dem boden, und kichern, und fahren einander mit offenen händen über die oberkörper und gesichter. wälzen sich herum, befriedigt, nackt, erzählen einander nichts, plappern. auch das mädchen. gerade das mädchen.

dass niemand den garten betritt. dass niemand von den fenstern und arkaden hinunterschaut, oder wenn doch, dass niemand die respektlosigkeit besitzt, die drei zu stören. dass das mädchen diesen ort gefunden hat. dass es nacht geworden ist.

einer der beiden kerle fragt sie schließlich: was es mit dem mann bei der eisdiele auf sich gehabt habe. ihr lachen kommt stoßweise, ihre zähne sind zu sehen, ihre stimme ist rau und angenehm: „ach nichts.“ sie habe bloß sehen wollen, was passiert. der typ, den sie zurückgehalten haben, habe sie seinerseits vor zwei wochen bei einem streit mit seinem arbeitgeber gewonnen, einem schreiduell über fragen der buchhaltung, nach der sperrstunde, zumindest, soweit er fähig gewesen sei zu verstehen. sie greift beiden männern ins haar, zieht ihre schädel an ihre brüste, dann aneinander, spricht weiter, während sie zusieht, wie sie sich küssen. spricht, und die männer hören nicht. spricht von früher, von schule und familie, und von den kämpfen, in die sie ihre kerle treibt.

der boden ist trocken. ihre kleidungstücke sind nicht völlig verdreckt. als der künstler aufsteht, seine sachen aufsammelt, von sich streckt und ausschüttelt, hin und her blickt zwischen den beiden noch daliegenden körpern, den fassaden und seinen händen, als er dann langsam und mit unsicheren bewegungen in seine hose schlüpft, schnaubt der andere, der hirte, der möglicherweise sogar obdachlose. wie zufällig. spasmen auf einem ausgezehrten schönen körper. der künstler geht zurück in die hocke, wartet ab. lichter, weit hinter ihnen, gehen an und aus. rascheln in den bäumen, und zucken zwischen den fingergliedern des mädchens.

sie sieht ihn an, die arme auf dem brustkorb des hirten verschränkt, jetzt zum ersten mal die augen lebendig. bewegt, ohne dass der ganze kopf jedes flackern mitmachen müsste. aufmerksam. dann: es wäre doch wohl in ordnung, was sie getan habe, oder? der mann, der von gekritzel lebt, und das wohl nicht für ewig, lächelt breit, schluckt, lächelt wieder, nickt. doch. dann beugt er sich vor, küsst sie heftig, beißt ihr dabei die unterlippe blutig, berührt, schon halb stehend, die wange des schafhirten, des namenlosen, des kerls aus der anderen schicht, dreht sich um und geht, ohne zu wissen, warum.

nach hause geht er, und er ruft die frau an, von der er dem schafhirten nicht zu ende erzählt hat. er trifft sie zwei stunden später, trinkt gierig rotwein und schläft neben ihr, eine hand an ihrem arsch, ohne nur im geringsten geil zu werden. kurz wacht er im morgengrauen auf, rasend vor unerklärlicher todesangst. in diesem zustand und angesichts des schlanken rückens der frau neben ihm wird ihm bewusst, dass weder er noch der andere mann in dem innenhof kondome benutzt haben.

am morgen, während er mit der ungelenken linken und goldstift politikernamen auf küchenrollenblätter schreibt, wird ihm die idee kommen, ein lehramt anzustreben, solange das gekrakel noch die miete zahlt. er wird versuchen, die zeit zu schätzen, die so eine ausbildung dauert, und auf vier jahre kommen. das gesicht des schafhirten wird sich ihm eingeprägt haben, und die stimme des mädchens, und einige der wege, auf denen sie ihn durch die dämmerung geführt hat.

2 wettcafé

diskutieren sie also. ein junge und ein alter sack. marmortischchen zwischen sich, plastikblumen, tee mit rum und zitrone für den alten, tonic water für den jungen. diskutieren sie das wetter, fußballergebnisse, wahlen, die geschwindigkeit, mit der man draußen auf der kreuzung die überreste eines unfalls wegräumt. solches zeug. in gekünstelter sprache, mit angestrengt tiefer stimme der junge, gepresst glatter artikulation der alte. so halbwegs würdevoll. seit wochen geht das. bemerken sie schon nicht mehr, wenn ihnen jemand zuhört.

der alte kommt hierher, weil er ein haus weiter lebt. ist sein eigen, vermietet er nicht, kleines haus, drei zimmerchen unten, dachgeschoßausbau, das bewohnt er, das hält er instand mit dem geld, das ihm die beiden anderen häuser bringen, die er hat, schönere häuser, teurere häuser. der junge kommt, weil zweimal ums eck seine schule steht, schule, ist sechzehn, vielleicht siebzehn, schwänzt gelegentlich, und wenn er nicht schwänzt, kommt er nach der schule her, lebt ein paar straßenzüge weiter drinnen, weite wohnung in gemeinschaft, mit noch drei jungs aus seiner klasse, seit einem halben jahr.

ist mal ein dorf gewesen, das hier, rundherum. straßendorf, einstöckige häuser, hinten raus felder. so hundert jahre her. jetzt herrscht durchzugsverkehr, dreispurig. büros, lokale, bewohnte obergeschoße, gärten schmutzig in ihren parzellen, nahezu ausreichend lärmgeschützt. inzestkatzen, inzestratten. und wo bis vor zwei jahren ein blumengeschäft war, im eckhaus ganz vorne in der reihe, innenstadtwärts, das wettcafé.

seit wochen geht das. hat begonnen, als der junge herkam, mit einem zweiten typen, zwei schulstunden runterbiegen. tranken kaffee, besprachen hastig dies und jenes, der andere ging, noch was erledigen. der junge blieb. beobachtete. das fußballspiel auf dem großbildschirm und das gesicht des kerls, der an der bar lehnte, einen wettschein neben sich. erst wächsern das gesicht, nein, wie aus plastik, sagt der junge später zum alten, und dann nicht mehr wächsern, dann verschwitzt und schmal und fleischig. mit einem grinsen, das der junge nicht verstand. da war auf dem bildschirm schon die zeitlupe des torschusses zu sehen gewesen. ging zu der bar, der junge, absichtlich nahe an dem kerl, der gewonnen hatte, und fragte den kellner, wie das mit dem wetten ginge. bekam zur antwort, dass ihm das egal sein könne. trockene stimme, kopf im nacken, steif nach oben brustkorb und schultern dieses kellners, nie anders seitdem und nicht unfreundlich dabei, dass ihm, dem jungen, das egal sein könne, nicht wahr, noch nicht achtzehn, oder? war der alte aufgestanden, stammgast, tischchen am fenster, mühsam dieses aufstehen, eindeutig auf den jungen da bezogen, war herangekommen, hatte ihn zu sich gewunken und sich angeboten, an seiner statt zu wetten. seitdem sitzen sie zusammen, wenn der junge da ist. gelegentlich steht der alte auf, geht an den tresen, lässt sich einen zettel aushändigen. dann warten sie, mit plastikgesichtern, dann teilen sie geld auf, mit schwitzigen fiebergesichtern.

wetten auch untereinander. gerade untereinander. das macht ihre sprache so seltsam und streng. das ist auch der grund, dass der junge wiederkommt. da hat sich was entwickelt, das fast nach gericht klingt. war anfangs simpel: „wird wieder wärmer." – „hm?" – „wird wärmer draußen. merken sie das nicht?" – und dann die fragerei des alten, und was draus wurde: „was heißt das, wärmer?" – „na, wärmer." – „genauer!" – der junge, der sich zum mitspielen noch zwang, an dieser stelle, anfangs: „fünf grad dazu, weniger wind, sonne. mit paar kleinen wolken." – „na geht doch. und wann?" – „in einer, nein eineinhalb stunden." – „da halte ich dagegen. fünf euro?" – „top." und das seit wochen. nicht, dass sie noch merken würden, wenn ihnen wer zuhört.

wer ihnen zuhört, ist ein lehrer. kunsterzieher. paar stunden die woche an der schule des jungen. macht keinen hehl daraus, wie sehr ihm die arbeit am arsch vorbeigeht. vielleicht fünfundvierzig, oder fünfzig höchstens, billig gekleidet, fällt dem jungen nicht besonders auf, dass der hier sitzt, zwischen andern, jeder an seinem tischchen, volle aschenbecher, gekritzel auf fetzen daneben, gehüstel höchstens von denen, schlechte zeiten. jeder wettet, der es sich nicht leisten kann. und der es sich leisten kann, der muss nicht wetten. was kann so ein lehrer verdienen? wieviele wettcafés gibt es jetzt in der stadt? seit wann ist „jetzt"? trinkt seinen kleinen espresso, auf einen der hocker gestemmt. ist hier, um ihnen zuzuhören. den dritten tag in folge.

ist vorgestern zufällig hier gelandet. war der muskeltonus viel zu hoch. das kam mit plötzlichkeit, unter der krüppelbirke, auf dem weg übern parkplatz, im milden septemberlicht, und kam zugleich mit etwas anderem. das war was wie verachtung. für niemanden bestimmten. kein weg von hier aus hatte ein ziel. die weite der welt lag drückend auf den wegen. sah diesen schüler am rand des platzes. schwarzer parka, hochgesteckte dreads. mit langen, schlanken händen. nicht seine klasse. folgte dem. so langsam wie möglich, hinter den wiegenschritten her. den kannte er von irgendwo.

saß dann rum. kaum was los, lauter die fernseher als die musik aus dem radio. drei sportübertragungen nebeneinander, plus schlager, plus zapfhahngurgeln. war weniger lärm als die schule, das, gehörten hier alle geräusche derselben ordnung an. saß der lehrer schweigend, fahrig, müde, am nachbartisch der beiden. war zwei stunden lang in einem raum auf und ab gegangen, in dem jüngere menschen als er, über tische gebeugt, hell-dunkel-schattierungen mit braunkreide übten. fiel jetzt licht durch das fenster, auf die züge des alten, sah er weg, in sein bier, und kramte mit beiden händen in den taschen rum. ächzte leicht. rief nicht seine freundin an, als er das telefon gefunden hatte. die konsequenzlosigkeit jeder möglichen handlung, bis der abend kommen würde. so etwas wie verachtung. nicht für sich. für diese widerstandslose masse seiner schüler.

da sprachen die beiden von ihm, ganz kurz, und das bekam er mit. stellte sich ruhig, taub, blöde. bemerkte da die eigene fahrigkeit, und wie die die aufmerksamkeit auf sich zog, aber hielt sie aufrecht. das schraubte den muskeltonus noch einmal nach oben. schmerzten jetzt die schultern. die schmunzelten am nebentisch, und ja, gab der junge dem alten auskunft, der da, neben ihnen, sei lehrer, unten an der schule. früher mal leidlich bekannter maler oder so, heiße es. da drehte er sich weg, verbarg ein eruptives grinsen, kein triumph, ein riss in seiner müdigkeit, durch den die verachtung sich bahn brach. gluckste, wurde wieder still, war sich selbst unheimlich. wurde nicht von den beiden am nebentisch auf ihr gespräch bezogen, das. blätterte der lehrer in seinem terminkalender. sprachen die beiden von anderem. verstand das der lehrer nicht gleich, was die redeten. ertappte sich dabei, genauer hinzuhören, und wich die fahrigkeit von ihm. verstand dann, über einen fußballkommentar hin, dass der junge sowas sagte, „den einsatz nochmal nach oben schrauben" wolle er. aufgeregt plötzlich die stimme.

das kannte der lehrer nicht mehr, diese spielart von aufregung. dass so etwas noch in der welt war. stand hastig auf und ging nach hause, riss die fenster auf und masturbierte über anderes als nachmittags sonst. und kam am nächsten tag zur selben zeit ins wettcafé. das wollte er wissen, was die glätte und ruhe des jungen zerbrach. das wollte er hören. saß diesmal am tresen und neigte den kopf, als der junge hereinkam. die sprachen von nichts besonderem, die wetteten belanglos, so „auf k.o. in der dritten runde", zuerst. kein riss in den stimmen und gesten. blieb der lehrer geduldig. die widerstandslose masse des eigenen körpers. wie seine schüler, dachte er. damit glich er ab, wie er dasaß, auf diesem hocker. bis schließlich wieder die stimme des jungen am überschlagen war:

„haben sie genug darüber nachgedacht?" – „habe ich, habe ich. was schlägst du vor?" – „dass die wette selber gleichbleibt.

also: nur neue gäste. die wir nicht kennen, und die reinkommen, solange wir hier sind. und keine schüler." – setzte der alte eine litanei fort, die nach regelwerk klang, mit nicken und zufriedenheit – „und gefragt sind alter, in fünfjahresschritten, beruf, einkommen, familienstand." – „wohnsituation." – „ah, wohnsituation. was heißt das genau?" – „miete oder eigentum, wohnung oder haus, garten oder nicht, wieviele personen, wie teuer?" – „das ist zuviel. da geht nichts weiter. machen wir: miete oder eigentum, und wenn miete, wie hoch." – „aber die personen ..." – „gut, die auch. und gewonnen hat, wer als erster drei erraten hat, und zwar vollständig." verschwand das ding wieder, das dem lehrer so vorgekommen war, als zerreiße es was an dem jungen. lehnten sich beide zurück. „die miete – in hunderterschritten? – in ordnung." kritzelte der junge in ein büchlein, faltete der alte die hände überm bauch. setzte fort. „und der einsatz? was willst du anders?" irgendwie ungesund, dachte der lehrer jetzt, das lächeln da, auf den lippen des alten. sah fasziniert und angeekelt aus, zu gleichen teilen. und der junge zu konzentriert, zu genau, der sah gar nichts. oder sah nichts wirkliches, bloß die schablonen davon. ist zu jung, der kapiert was nicht, dachte der lehrer. und grinste, auch angeekelt, von sich selbst oder der szene, und spülte den grinser mit bier weg, und ging.

er wäre ihnen aufgefallen, gestern, wäre er geblieben. jetzt ist er wieder da, auf posten, blick zu den bildschirmen. autorennen links, rechts baseball, fußball in der mitte, foul für valencia, erdnusskrümel. er ist müde. gestern abend ein schales kleines fest, freundin seiner freundin, das dauerte, und die gier, als sie heimkamen, und die angst vor dem altwerden knapp unter dieser gier. schliefen nicht, tranken noch was und fickten rasch und bestens eingespielt und wortlos, lagen schlaflos bis ins morgengrauen, murmelten, drehte sich die welt um sie wie früher. jetzt fehlt ihm der schlaf, mehr, als ihm die zuneigung der freundin fehlen würde. die widerstandslosigkeit wieder einmal. er trinkt kaffee, muss nachher noch hinunter, in die schule, leistungskursus.

und weiß, er hats verpasst gestern, kann gut sein, dass die nicht mehr darüber reden, über den einsatz dieser wette, die sie da haben. kann ihnen höchstens dabei zuhören, wie sie neuankömmlinge taxieren, und dann vielleicht, und dann. wenn einer von ihnen ihr ratespiel gewinnt, dann erfahren, worum es geht. weiß auch nicht mehr, warum er sich das antut, weiß, dass er das gestern noch wusste, die augen geradeaus, zum bildschirm, kommt der alte von den toiletten. geht langsam, macht einen verwilderten eindruck heute, setzt sich, war der junge schon zappelig geworden. jetzt. einander gegenüber.

der alte fröhlich, der junge angespannt, die sehnen am hals am hervortreten. „dir ist klar, dass ich das wirklich mache?“ – „ja. und dass ich es aber auch ernst meine?“ der körper des lehrers auf autopilot. hat glück, und die reden davon. wovon auch immer. nichts verraten. skulptur sein. mit blick auf den bildschirm. schlägt der alte was nach, mit aktentasche, wie das früher mal war, mit aktentasche auf dem schoß, mit papieren. „also. mein einsatz. lies es dir durch." – hängt papier zitternd in seiner hand, überm tisch, über der hand des jungen. schnappt der, vertieft sich. ungeduldig beim beobachten der augen des jungen, wo die hängenbleiben auf der seite. „da steht sinngemäß, dass ich die wohnungen ihren bewohnern für einen symbolischen betrag zum kauf anbiete. dass ich vorher das dach richten lasse. die versteuerung übernehme ich auch. der rest ist für die rechtsgelehrten." liest der junge trotzdem alles, mit konstantem nicken, gekräuselten lippen, vorgebeugt. hell-dunkel-schraffuren, denkt der lehrer und versteht noch nichts. dass der alte ein hausherr ist, und dass er das aufs spiel setzt, soviel. jetzt neugier, auf autopilot, in erwartung. voyeurs-arschloch.

wie ein spiel auf dem bildschirm die beiden. der einsatz des jungen jetzt. schaut auf vom papier. „die ladenlokale nicht?" – „nein. sicher nicht. ich muss immer noch von irgendwas leben. wenn du einwände hast …" – „nein, lassen sie." nickt eifrig. „und du? was hast du?" – „habe genug bei mir, um mich richtig reinzureiten. und fotos von der plantage dazu. gehe mit ihnen mit, zur polizei, wenn sie gewinnen." gepresster noch als der rest seiner rede, und leiser, das jetzt. gibt dem alten unterm tisch einen beutel, und schiebt polaroids übern tisch. als hätte der junge das auswendig gelernt, denkt der lehrer, und erwacht aus seiner starre. schüttelt sich, als er den letzten schluck kaffee trinkt. der ist kalt und süß und zähflüssig.

jetzt werbepause auf dem hauptbildschirm, und der lehrer hat verstanden, was da los ist. aber das reicht ihm nicht, was er verstanden hat. kann jetzt nicht gehen. hat noch eine halbe stunde zeit. und da sitzen sich zwei gegenüber, um würde und um ruhigere atmung bemüht, die haben sich in eine situation gebracht, in der einer der beiden was verlieren wird, das er für seine existenz hält. teilnahme am erwerbsleben, sowas. sind ohnehin zu alt und zu jung dafür, oder? der hausherr und der dealer. nicht viel um zwischen denen, denkt der lehrer.

jetzt würde er die aufmerksamkeit auf sich ziehen, wieder mal, wach und fahrig aufs objekt bezogen, das die beiden sind. würde er, wenn er nicht mit seinem telefon herumspielen könnte. macht einen anruf. die geliebte. schöne raue stimme, klingt nach wind in den bäumen, das fehlt ihm. rauszukommen aus der stadt, durchs laub, an ihrer seite die hügel rauf und einen ofen rauchen. beobachtet die beiden weiter, während er redet. ob sie heute kino – nein, zuhause bleiben, gut. artikuliert das mit den hügeln, zögerlich, „übrigens wärs schön, wieder mal raus, so … wie letztens … der steinbruch, weißt du noch?“, und sie sagt was, das in einem lachen endet, da rauscht die leitung mit dem wind, und der lehrer nickt entspannter, und es tut sich was am tisch der beiden spieler.

die haben begonnen mit ihrem spiel. ein neuankömmling, mittdreißiger mit bürstenhaarschnitt, wachstuchjacke, schnaubend am türzudrücken. folgen die augen des jungen dem typen, rückt der alte nach vorn in seinem sessel. legt der lehrer also das telefon weg, hat sich verabschiedet, ändert seine lage im raum. geht rüber zum tresen. vermeidet jetzt blickkontakt, fühlt sich fremd hier, ein enttarnter spion bei james bond, übergenau seine aufmerksamkeit auf die kundschaft um ihn, stolpert denn auch. am ziel, und neues glas wasser, und augen auf weitwinkel, licht der straße, konzentration auf gehörtes. jetzt werden sie reden, ein abtausch von beobachtungen. rasch und streng, wie sonst, darauf wartet der lehrer. und nichts. da haben die stattdessen papier vor sich liegen, und schreiben. filzschreiber, füllfeder, vorgebeugt. hell-dunkel-schraffuren, die widerstandslose masse. nichts zu belauschen. bloß etwas abzuwarten.

geht aufs scheißhaus und ruft in der schule an. als wäre geheim, was er tut. zuckt zusammen, als hinter ihm die kabine sich öffnet, mit fettem spielsuchtopfer, das ihn zur kenntnis nimmt und ohne händewaschen rausgeht. er sei verhindert, sehr kurzfristig, er wisse, wie schwierig … mit den schülern, ja, ersatztermin, und dem klassenvorstand, sehr wohl, kommt nicht mehr vor, notfall in der familie. legt auf und atmet durch, wasser aufs gesicht, porös die haut unter den augen, porös die lippen, dehydriert und müde der lehrer. im spiegel befremdliches zucken. das gelbliche licht.

der alte neben dem wachstuchmann, an den automaten, als der lehrer rauskommt, mit brummender freundlicher stimme, ob er den herrn kurz stören dürfe? „was denn?", scharf das, und wachsam. „mein junger freund dort und ich, wir haben ein spiel miteinander. wir beobachten menschen. sie würden uns einen großen dienst erweisen, wenn wir sie fragen dürften, ob einer von uns sie korrekt eingeschätzt hat." ölig der alte plötzlich, und ein wenig wie brüskiert der wachstuchkerl, und schwitzt leicht hier drinnen. fällt dem die gelfrisur auseinander, denkt der lehrer am tresen. der alte hakt nach, beschwichtigend rudern die hände. „wir würden uns für ihre mithilfe auch dadurch erkenntlich zeigen, dass wir ihre getränkerechnung übernehmen. was sagen sie?" noch immer verständnislos, aber geht drauf ein, folgt dem alten an den tisch. versteht der lehrer das zeug nicht richtig, das da gesprochen wird. ist auch nicht viel. flüstert der wachstuchmann, nein zischt, der hält die beiden für pervers. für solche, die sich besser vorkommen, denkt der lehrer, und nickt, und sieht das ein, ist dann wohl selbst ein perverser zweiter ordnung, zischelt also der neuankömmling, nimmt die beiden zettel, korrigiert, mit gleichgültiger geste. gibt sie zurück, wendet sich zum gehen, wieder lauter: „ich bestell mir dann noch ein bier. ja?" nickt der alte, runzelt der junge die stirn.

und auswertung. überall schule, prüfung, nirgendwo widerstand im fleisch. und ekel im gesicht des wachstuchmanns an der maschine, bewegungen stärker als nötig. der konnte sich widerstand gegen die beiden nicht leisten, wenn die sein bier zahlen. mietwohnung, sagt sich der lehrer, kind mit der freundin, sechs hunderter miete höchstens, leiharbeit vielleicht, oder runtergesetzt auf teilzeit, seit der die vierzig überschritten hat. erschrickt hinterm wasserglas. hat begonnen, das spiel zu spielen. und nicht mal um einsatz.

sind beide ein wenig danebengelegen. jetzt warten sie, schweigend, taxieren auch einander, als wäre es ein kampf. einmal kommt der junge dem lehrer nah, holt nachschub vom kellner, zahlt umständlich, schaut auf die uhr, dass der alte das nicht merkt. ragt ihm der zettel mit seinen tipps von vorhin aus der tasche. nickt der junge ihm zu. respektsgeste soll das wohl sein. „herr professor." nickt der lehrer zurück, mit nichtssagendem lächeln, das verschwindet sofort, als der junge sich umdreht.

und ändern die beiden die regeln. und hängt sich der lehrer an einen der automaten. zählt fünfzig euro raus, die erlaubt er sich, zu verspielen, wenn das nötig werden sollte. hat eine reflexion des kopfes des jungen vor sich, auf der plexiglasfläche. mit blinkenden knöpfen. ist ihm scheißegal, wie die maschine funktioniert. versucht gar nicht erst, das zu verstehen. wirft geld rein und drückt irgendwo. schiebt dann einen schein nach. und ändern die hinter ihm die regeln ihres spiels. der erste, der einen neuankömmling vollständig richtig beschreibt, habe gewonnen. „sonst sitzen wir hier noch bis morgen", sagt der alte, und sieht der lehrer, wie sich der junge einen kommentar verkneift. mit augenbrauen und lippen.

als nächstes eine junge frau. kommt rein, bloß geld wechseln, der parkautomat, die hält der junge auf dem rückweg auf, ohne aufzustehen. schreiben die beiden, überreichen der frau das papier, die lacht, die findet das komisch, die könnte sichs leisten zu widerstehen. der wird erst gar kein geld angeboten. der alte anscheinend nah dran, der junge völlig daneben, so deutet der lehrer, fünfzehn euro neben sich, das ergebnis. rückt rum, nach links ein stück, dann sieht er beide gut im plexiglas. verbietet sich, die junge frau selbst einzuschätzen. sogar, sie genau zu betrachten. wäre auch auffällig, für die spieler hinter ihm, wenn er den kopf umwenden würde wegen der. eine helle stimme jedenfalls, ein wenig in eile, aber froh, abgelenkt zu werden. denkt er schon wieder als spieler?

beim dritten anlauf dann klappt es. der junge gewinnt.

ein mann in sauberem arbeitsdrillich, drunter hemd. volles weißes haar, zum zopf gebunden, teure brille. schweißstirn, breite schultern, langes dreitagebartgesicht. ist hier, um handzettel dazulassen. hält ausschau nach ansprechpersonen. die spieler hinter ihm schon am kritzeln, bevor der den raum ganz betreten hat. stellt sich der lehrer einen lieferwagen vor, mit firmenlogo aus klebefolie oder so, selbstgeschnittene werbeprospekte, die sieht der lehrer im augenwinkel, als der mann vorbeigeht. und hält ihn der alte zurück. stellt blickkontakt her und steht auf. „entschuldigen sie …" freundlich befremdet der drillich. nimmt die notizen der beiden entgegen, spricht laut die ergebnisse aus. hat nichts zu verbergen, ist stolz auf sich. mannbar entschlossene schmiegsamkeit: das hier gefällt ihm. „nein. ich muss gestehen, ihr junger freund hat mich durchschaut." klopft dem tatsächlich auf die schulter, beiläufig. „zweiundfünfzig jahre, da liegen sie beide richtig, wenn ich das korrekt entziffere." jetzt dreht sich der lehrer um, fasziniert. als führe der drillich ein verkaufsgespräch. völlig in der rolle. die spieler bemerken den lehrer nicht, sind selber von dem moment überwältigt. „beruf selbstständig. handel und landwirtschaft stimmt beides. hier –", und knallt seine handzettel auf den tisch, „– mein reformkostladen. und honig mach ich selber. weiter. einkommen. knapp unter zweitausend netto im monat. auch beide richtig. das haus, eigentum, stimmt auch. aber wir haben nicht drei, sondern vier kinder, und die wohnen alle bei uns, das macht sechs personen." zögert hoch aufgerichtet. räuspert sich. bemerkt was endgültiges in den spielerblicken. setzt trotzdem fort, sagt auf, was zu sagen er unterwegs ist. „ich darf sie herzlich zur eröffnung unserer neuen filiale ...“, und so weiter, und dann ist er verschwunden, erst zum tresen, dann zur tür raus, und ein sieger steht fest.

die spieler blicken auf, der junge nervös am lachen, der alte ernst, mit rotem kopf, geschlichtet sein zeug in der aktentasche. blicken auf, dorthin, wo der lehrer lehnt. der hat sich vergessen. von dem ist die anspannung abgefallen. da lehnt er, und ist seine haltung ganz klar auf den ausgang des spieles der beiden bezogen. schaut vom einen zum anderen. verbirgt sich nicht. blöde und aufgerissene augen. kein widerstand. winkt ihn der alte zum tisch. irritiert, der. ein sieger steht fest. und hat der lehrer sich entdecken lassen. so bleibt die szene im fluss.

3 wohngemeinschaft

was sind die eigenschaften des jungen? – eine rastlose art, zu sprechen, wenn er darauf vergisst, etwas darstellen zu wollen. ein funken bosheit, oder angriffslust, in dem, was er nicht sagt, in gestischen und mimischen andeutungen. langsamer gang, bedächtige handhabung der gegenstände um ihn im raum. nicht leicht zu begeistern ist er, und die meiste zeit gelangweilt von seiner umgebung. wenn er auf was anspringt, dann gierig, unersättlich. bewohnt sein zimmer in der wohngemeinschaft nicht wie einen persönlichen rückzugsraum. bewohnt ihn, als gäbe es so etwas gar nicht. geht mit den anderen räumen hier ebenso um, wie es scheint. respektlos, denkt der lehrer.

was tut der lehrer hier? – sich gras schenken lassen. bestechung. war nicht erschrocken, der junge, in dem wettcafé, als ihm aufging, dass der lehrer sie belauscht hatte, lange genug, um zu wissen, was sache war. hatte den lehrer, den fremdling mit dem aufgerissenen mund, wie der dastand, die kurze und heftige panik des alten, des verlierers, abfangen lassen. hatte das beobachtet, dieses abfangen, und sich währenddessen die schläfen massiert. aus dem fernsehen abgekupferte konzentrationsgeste, ohne selbstverständlichkeit. ohne dass gesprochen worden wäre. ein sieger, ein verlierer: im gesicht des alten, im blickkontakt mit dem lehrer, dem enttarnten, dem trampeltier, standen ganz deutlich zu lesen die phasen der verarbeitung der niederlage. erstmal: die schuld nicht begleichen wollen. in welcher position war der junge auch, irgendwas vom alten einzufordern? dann traten drei gegengründe hervor, oder dachte sich das der lehrer so, als dem alten dreimal die augen weiter aufgingen. drei schläge gegen den trotz des alten fleischs. zuerst: die reziprozität. sowas wie ehrgefühl. auch die vermutung, dass der junge seinerseits seine schuld beglichen hätte, wenn die wette anders ausgegangen wäre. als zweites ein vorstellungsbild: der junge, vielleicht noch zweidrei kumpels, baseballschläger, vor einem der häuser des alten. am scheibenzertrümmern, klingelkasten verkleben, versicherungskosten hochtreiben. oder ähnliches. so deutlich das unbehagen, kurz, um die lippen des alten. drittens schließlich: dass das nun mal der preis war, den er bezahlt für das spiel, für die schiere möglichkeit des spiels, für das interesse dieses jungen an seiner person. der lehrer, blöder seelenführer, bei ihm. gipfelte das in händedruck, gekniffenen höflichen einschätzungsaugen, ausschau nach einem dritten sessel. ließ der junge die szene sich abspulen. fragte dann, in die flaute hinein: „wie machen wir das, herr professor?" nicht eine spur spöttisch. auch nicht angstvoll. der hat das genau begriffen, was für einer der lehrer ist. „naja“, hat der lehrer gesagt und aufgekratzt gelächelt, „ist dein zeug gut?“

was war danach mit dem alten? – der ist nach hause gegangen, hat versprochen, die papiere abzuschicken, am nächsten morgen, und mit dem jungen ein treffen vereinbart, anfang kommende woche, bei sich daheim, um den fortgang des verkaufs der wohnungen zu besprechen. wirkte keine spur traurig, obwohls um viel geld ging, um richtig viel, und kam ein moment, wo der lehrer den alten beeindruckend fand. war dieses meistenteils beschissene wort mal angebracht, die ‚würde‘, denkt der lehrer jetzt, im zimmer des jungen. hat nicht gefragt, warum die überhaupt auf so ein spiel gekommen sind. keinen der beiden.

und was tat der lehrer daraufhin? – der hat dann nochmal die freundin angerufen, von draußen auf dem gehsteig, blick durchs fenster hinein, wo der junge noch rumsaß und austrank, zusammengesunken, mit blitzenden zähnen an der zigarette und gekrümmtem rückgrat. ist mit der straßenbahn zu einer endstation gefahren, hat dort das handgelenk der freundin umfasst, den puls gespürt, schneller als seinen, und ist mit ihr durch reihenhauszeilen gegangen, bis der wald kam. erzählte sie was. erzählte er nichts. kein wort von den spielern. massierte sie seine schultern. wo sie gewesen war diesen tag. warum das so geklungen hatte, am telefon vorhin, so weit, dieser wind hinter ihr, erklärte sie ihm.

er würde den kommenden abend noch was zu erledigen haben. was, das erklärte er nicht.

in welchem groove bewegt sich der junge zuhause? – läuft dub, seit der lehrer hier ist. vom rechner neben dem bett, und über ein mischpult, fette boxen in den vier ecken des zimmers. ein live-mix. der junge im raum auf und ab, kramt herum, ist auch eben erst gekommen, nur knapp vor dem lehrer. legt dinge zurecht, macht sein bett, verschwindet in der küche und kommt wieder. respektlos durch räume. der lehrer am warten und zusehen. zwei der anderen jungs, die hier wohnen, wie sie im flur durch sein blickfeld gehen. der eine bemerkt ihn und deutet einen gruß an, der andere, aus seinem leistungskurs, kahlgeschoren, mit telefon, in blinder bewegung. routinen, völlig andere als seine, und hat die beine auf einen hocker gelegt. der sound. latent antimodern, dieses zeug. füllt bäuche mit wärme und hinterlässt in den schädeln bereitschaft zum zorn.

worüber reden die beiden? – zunächst zum geschäftlichen. „geschenk des hauses. und gentechnikfrei. kein so scheiß aus holländischen samen.“ sitzt der junge endlich, hat eine schachtel zur hand, und tut blüten in ein plastiktäschchen. ergeht sich: „sind aber genauso stark wie purple haze, meine. und besser, wissen sie – sanfter.“ – „schon ok“, sagt der lehrer, das wird ihm zuviel, was der junge da reinpackt. nimmt ihm den sack aus der hand, verstaut den in der innentasche seiner jacke, die am boden liegt, lehnt sich zurück. geschieht mit halbgeschlossenen augen, dass er nach was fragt, wovon er schon genügend zu wissen glaubt. bloß, um es vom jungen zu hören: „sag doch mal. bei dieser wette von euch." – „ja?" – „der ist doch nicht von alleine auf die idee gekommen, seine wohnungen zum einsatz zu machen." – „interessanterweise doch, herr professor. also, nicht ganz so." funkelt der junge über den tisch hin, mit offenen handflächen, stolz vielleicht, denkt der lehrer, oder sowas, atmet ein und aus und ein, ganz langsam, trinkt einen schluck, macht weiter: „ich hab ihn das vor einer woche oder so gefragt. dass der ja ein vermögen anhäuft, verstehen sie, keine familie oder so, und nimmt viel mehr ein, als er braucht. hab ich gesagt, dass ich das nicht verstehe, was er damit will. hat er nichts richtiges gesagt darauf." der junge wieder bedächtig, als wäre eine kamera in der nähe, am kopfneigen, aufrichten, atmen. „und als wir dann die wette formuliert haben. ich weiß nicht, wieviel sie mitgekriegt haben?" – „egal." – zögert der. „schön. als wir die wette formuliert haben, da sind beide einsätze von ihm gekommen. ursprünglich. also die ursprünglichen ideen. hat sich dann aber noch geändert." wechselt die musik da, fade out fade in, kruder/dorfmeister, das kennt der lehrer sogar, hat jetzt eine hand aufs knie gestützt, ragt sein rücken gegens licht, wirft schatten. „da muss ich vielleicht dazusagen, dass er mich für so ‚fehlgeleitet' gehalten hat, verstehen sie? das war sein wort. fehlgeleitet." – schüttelt der lehrer den kopf, pflichtschuldig.

– „wollte wissen, woher ich das geld zum spielen habe. haben ja haufenweise unnötige wetten gemacht, aus langeweile, und da hab ich immer mit zwanzigern um mich geworfen. hab ich ihm gesagt, dass ich anbaue. läuft gut, wissen sie. jedenfalls ist dem seine vorstellung von sowas genau die, die in der zeitung steht. oder im fernsehen. was weiß ich. und hat das dann so vorgeschlagen, die wette: wenn ich gewinne, verwendet er alles geld aus den mieten, das er nicht für sich braucht, für einen ‚guten zweck', und den muss ich ihm sagen. ein jahr lang. und wenn er gewinnt, dann höre ich auf mit dem kiffen und mit dem anbauen und arbeite einen sommer lang in seinen häusern als hausmeistervertretung." hat der lehrer da sowas wie bedauern für den alten zwischen den augenbrauen. der sah eine chance, sich einen erben zu sichern, denkt der lehrer. bedeutung und todlosigkeit. was hat er stattdessen jetzt in dem jungen? „das wollte ich so nicht. das ist mir nicht richtig vorgekommen. wie so schul-blödsinn. hab ich ihm gesagt. hat er aber nicht kapiert." – wird nachdenklich. wasser und tabak. verfällt in ein brüten, mit verschränkten händen, blick aufs lehrergesicht.

was schreckt den jungen wieder auf? – die stille, die sich etwas später einstellt. endet eine nummer, rauschen die boxen leise statisch, hat sich was am licht im raum geändert. die körper schwer in den sesseln. wie ein körniges videobild das ganze. bis der junge sich aufrichtet, abrupt, und zum rechner geht, ein paar tasten drücken. von dort, ins anrollen einer neuen nummer hinein, klingt nach nachsatz: „haben uns zuletzt darauf geeinigt, wenn wir, also wenn jeder von uns die art, wie der andere an geld kommt, scheiße finden, dann machen wir das zum einsatz. so richtig. wissen sie? die möglichkeit dazu. kann ich nicht mehr dealen, muss pissen gehen, wenn die bullen mich aufgeschrieben haben. und er – na, das haben wir ja. keine miete mehr. nur die ladenlokale. hab ich mir angesehen, ist genug, um zu überleben. leicht. und der kriegt ja auch pension.“ das letzte, als wäre es eine rechtfertigung, als wäre da was fragwürdig an dem verhalten des jungen. aber vorher war da bloß zufriedenheit in der stimme, was demonstratives, etwas, das der junge auskostete: fakten geschaffen zu haben. die erfahrung, dass nicht alles, was getan werden kann, konsequenzlos ist.

und was schreckt daraufhin den lehrer? – was aus dem lautsprecher kommt. als der junge das anspricht, was ihn beschäftigt. dass der lehrer sie belauscht hat. da ist spott in seinem blick, und etwas in der stimme wie diese freundliche vorsicht, die den irren und den über die maßen vereinsamten entgegengebracht wird. oder kommt das zumindest dem lehrer so vor. der junge sogar vorgebeugt, ellenbogen im dreck auf der tischplatte, in erwartung einer antwort. was der wirklich will, denkt der lehrer, ist nicht die persönliche annäherung, sondern der will wissen, ob er vom lehrerkollegium verdächtigt wird. ob also die bestechung hier etwas gebracht hat. weiß der junge gar nicht notwendigerweise, worauf er da selber hinauswill. ist ihm der lehrer nachgeschlichen, um was über ihn herauszufinden? – nein, aber ‚bin fasziniert gewesen von deiner wiegenden gangart, war gerade desorientiert, und bin dir nachgestapft', das klingt zu sehr nach psycho. also nickt der lehrer nur freundlich und schüttelt den kopf, und sagt: „nein. war nur zufällig da. ihr habt über mich geredet, ihr zwei, weißt du noch? ganz kurz. dann hab ich euch nicht mehr ausblenden können." der junge schnaubt und sinkt zurück. hand noch auf der tischplatte. ausgestreckt, gespreizte finger, glied um glied hell gegens holz. zwischen zwei bedrohungen hindurch der lehrer: kein irrer, kein spitzel. und sucht der junge, soviel sagt dem lehrer dieser blick, nach worten, die zum ausdruck bringen, dass er wohl nicht ganz bei trost gewesen sei, dann auch noch extra am nächsten tag wiederzukommen. macht der junge den mund auf und atmet der lehrer tief aus, und gutes timing: vom computer was neues. und das ändert dann alles.

was ist da zu hören? – das einschnappen eines tonbandlesekopfs. dann zuerst vor-der-session-akustik. da klimpert was, rauscht laut die weit zwischen instrument und mikro. auch die verzerrung, die von einem defekten abspielgerät kommt. dann, andere ebene, schwallt übers zimmer hin eine frauenstimme. im hintergrund ein kind am weinen, leise, und von irgendwo ein pochen. kaum, dass das beginnt, wird der junge nervös. springt auf. der will nicht, dass der lehrer das hier hört. hat die falsche playlist erwischt vorhin. hat vergessen, denkt der, was er eben noch sagen wollte. die stimme. die kennt er von wo. das reizt den lehrer. gewaltsam, mit wucht, die weit größer ist als die wettcafé-scheiße, die ihn hergebracht hat. steht ebenfalls auf. der junge mit den händen über dem keybord, in unmöglichem winkel. tippt, nummernwechsel oder lautstärke, aber tippt daneben. der lehrer hält den jungen zurück. steht neben ihm. ernst. tiefstimmig. „das lass mal sein." der junge völlig verwirrt. versteht nicht. da gibt es auch nichts zu verstehen, denkt der lehrer, jetzt aber mal wirklich psycho, selbst nach eigener einschätzung. die stimme vom band. was war da bloß, dass er die kennt? und der junge, fast mit kinderstimme, empört, verständnislos. bloß so ein „hä?" wirft einen nosferatuschatten gegen die zimmerwand, unbewegt, weitäugig. „was ist das?", fragt der lehrer, und schiebt nach, „ich kenn die stimme!" – entspannt sich der junge ein wenig, antwortet nicht sofort. nimmt die hände vom rechner weg, verschränkt die arme, so konziliant, pastorenhaft, „das glaube ich nicht, dass sie die kennen." – „lass mich nachdenken. und pfoten weg!" schüttelt der junge den kopf, verlegenheitslachen, flucht-nach-vorne-prusten, lässt sich in den sessel fallen. die stimme einer jungen frau im raum. erzählt was, meistenteils klar verständlich, gelegentlich überlagert von anderem zeug, mehrfach benutztes tonband, denkt der lehrer, später digitalisiert, eine kleine mediengeschichte, datenträger-sedimente im content. woher er die stimme nur kennt. immer wieder der junge dabei, zu einer erläuterung anzusetzen. und macht es doch nicht. sitzt fischmäulig, lässt die stimme reden und den lehrer dastehen.

was sagt die stimme? – richtet sich an einen samuel, an einen sohn. spricht davon, dass punk tot sei und mutterschaft eine zumutung. soviel die stichworte vorweg im rauschen, und soviel der tonfall, in dem sie daherkommen. die sprecherin braucht lange, um zur sache zu kommen. ehe sie soweit ist, ganze sätze zu gebrauchen, sind die körper des lehrers und des jungen in der szenerie eingerastet. im sessel, und neben dem rechner, leicht vorgebeugt. der des jungen, obwohl der das zeug ja wohl kennt. hat eine sogwirkung, was da zu hören ist, für ihn. tendiert ins tonlose, einförmige, die stimme. zwischen ihr und den zwei zuhörern die störgeräuschfläche. sowas sagt sie: „natürlich bin ich da egoistisch. aber ich glaube doch, dass es auch besser für euch ist, wenn ich verschwinde." gedankenpause, dann lacht sie kehlig, da übersteuert die anlage kurz. fällt daraufhin das ganze zurück in monotonie. „wenn ich mir dich vorstelle, wie du sein wirst mit sechzehn. samuel. sammy. sam. also wenn ich mir dich so vorstelle. wenn ich mir vorstelle, wie du reden wirst, dann kann ich trotzdem nur versuchen, mich dir verständlich zu machen. will mich da auch nicht rechtfertigen. weißt du, es ist nicht wahr, dass ich keine wahl gehabt hätte. ich habe jetzt – gerade eben – eine wahl getroffen. nicht gegen euch. sondern gegen das, wozu ich geworden bin mit deinem vater und dir. nicht, weil er irgendwie ein arschloch gewesen wäre. nicht falsch verstehen: war er nicht. sondern. scheiße. sorry, junge. vielleicht reicht es, zu sagen, dass ich dich einfach zu jung gekriegt hab. das stimmt zwar nicht ganz, also nicht genau, aber es ist mal ein anfang." und länger hält es den jungen nicht in der fischmaul-pose. steht langsam auf, respektvoll, zerreißt nicht die körnige videowelt, zu der sein zimmer geworden ist, geht um den lehrer rum, fixiert ihn, behält die fixierung bei und klappt mit der linken, beiläufig, den rechner zu. reißt es mit dem klappgeräusch den lehrer aus seiner erstarrung. reißt die rede ab.

woher glaubt der lehrer, die sprecherin zu kennen? – der will dem jungen das sagen. ist völlige fassungslosigkeit über seinen mund gespannt. vibrieren seine wangenmuskeln. haltung, als ob er sich setzen müsste. und packt ihn der junge am ellenbogen, so ‚raus jetzt!' hat sich wut aufgestaut, die entlädt sich in die stille. unkontrolliert der junge. schubst den lehrer zu der stelle, wo seine jacke am boden liegt. der junge auf wutanfall-modus, der lehrer nichts als angriffsfläche. zu verwirrt, um widerstand zu leisten. kommt stoß auf stoß, ohne zielgenauigkeit, mit der offenen hand, aber kraftvoll. stolpert der lehrer zu boden, auf die eigene jacke, und klammert sich an den armen des jungen fest. der fällt mit, und zappelt, und keucht. „jetzt hör mal zu. das ist die stimme deiner mutter? oder woher hast du das? kennst du die überhaupt, die da redet?" – der junge am aufrappeln, leicht den fuß gegen die seite des liegenden lehrers, flucht, nickt bei der ersten frage, und schüttelt bei den anderen den kopf. unwillkürlich. tritt zurück. dann bricht der lehrer in gelächter aus, schiefer lauter körper im stillen raum. der junge am lichtschalter. höhere helligkeit. dämonenvertreibung mit glühlampe. „also, junge. sam. diese stimme vergesse ich auch nicht so leicht. ich weiß nicht, was da bei euch los war, aber ich bin mir ziemlich sicher, dass ich deine mutter gekannt hab. hab sie ein einziges mal getroffen, aber das hab ich mir gemerkt." der junge noch am lichtschalter, denkt die situation durch. die augenbrauen eng, die wut auf dem rückzug unter die muskelschicht. gut zu sehen, dieser prozess, an den unterarmen. dann übersprungshandlungen. eine um die andere, raumgreifend. aber ein blick dabei, als wäre ihm alles egal. setzt sich schließlich wieder. beide schweigend, der lehrer am boden, im schneidersitz inzwischen, der junge auf dem sofa. aus der küche kochgeräusche, gesprächsfetzen. berühren nichts, was in dem zimmer des jungen geschieht. da brüten sie. konzentriert darauf, was man fragen und antworten könnte.

wer bricht das schweigen? – erst lange zeit mal keiner von beiden. dann beinah beide zugleich. denkt der lehrer noch ‚komisches zwischenspiel', hollywood, flüchtig. wie beide im selben moment das maul aufreißen, zum anderen hinschauen, intensität plötzlich, beiden was eingefallen. kurz um die initiative gerungen. spricht dann doch nur der junge, während der lehrer den blick wieder senkt und sich an der tischkante hochzieht: „erzählen sie es mir.

‚herr professor'." das letzte spöttisch. ist dem jungen der lehrer nicht mehr völlig fremd, fühlt sich der als objekt von beurteilung jetzt, und erst jetzt. und zuckt was in ihm, als er antworten will. zuckt so, dass er zögert.

wo ist das problem? – das geht nicht, das dem jungen so zu sagen, wie er es könnte: dass er was mit ihr gehabt habe, dass sie seine träume bewohnt habe in der zeit danach, seinen schlafrhythmus gestört, und dass da noch ein zweiter kerl gewesen sei. der sei bei ihr geblieben, und das sei lange her, viel zu lange. so geht das nicht. wie aber geht das, diesem jungen gegenüber? der müsste nachhaken, dass das ginge. aber spielt bloß mit der möglichkeit zum erneuten zorn jetzt, also leicht amüsiert und schmallippig. setzt der lehrer neu an. hat den faden verloren und vermisst den dub-groove von vorher. „weißt du. ich tu mir da schwer ..." rudert hilflos mit den händen. empfindet die verklemmtheit seiner geste. da liegt irgendein sittengesetz in seinem hinterkopf. dem sohn vom sex der mutter zu erzählen. da ist es an dem jungen, zu lachen, und hart, und befreiend: „darf ich raten? ‚herr professor'? sie war für eine kurze zeit bei ihnen, bis sie eine auseinandersetzung der einen oder anderen art – mit irgendwem – verloren haben? wegen dem sie sie dann verlassen hat? so ungefähr?" das war schnell raus. spricht der junge hastig dabei, hält dann inne, wieder zum rechner, wieder musik rein, e-gitarren-scheiß, geht auf und ab, der lehrer vermeidet es, anhaltspunkte zu bieten. pokerface. völlige abwesenheit von gesten. und dem jungen tritt ein gedanke in die augen, was ganz bestimmtes. gefällt ihm nicht, so wie das aussieht. verhörsituation, vom einen augenblick auf den anderen, und der junge hinter dem rücken des lehrers. die stimme nah. „oder ganz anders … wie lange ist das her, mit ihnen und ihr?“ – „lang. war noch viel jünger.“ zischt der junge, ungeduldig: „vor oder nach dreiundneunzig?“ – „wieso?“ – „vorher oder nachher?“ – „was war dreiundneunzig?“ – „sagen sie schon!“ – „vorher.“ – jetzt lacht er wieder. setzt sich auch, wieder freundlich der blick. verhör beendet, auflösung, oder auflösungstendenzen. „dann hab ich doch recht, oder? sie haben in irgendwas gewonnen, da war sie dann da, und in irgendwas anderem verloren, da war sie dann weg.“ nickt der lehrer, schüttelt den kopf, nickt wieder. lächelt. nimmt sich eine zigarette vom tisch. „zur hälfte richtig. vorschlag: ich erzähle es dir in allen einzelheiten, und du lässt mich das band zu ende hören, nachher, und du sagst mir, was dreiundneunzig war.“ denkt der junge nach, und bevor da was kommt, hakt der lehrer nach: „und du beschwerst dich hinterher nicht darüber, dass du es gar nicht so genau wissen wolltest. willst du nämlich nicht, glaube ich.“ – der junge säuerlich: „ich glaube, das gilt für uns beide.“

warum bekommt der lehrer da kreislaufstörungen? – aus hunger, und weil er schon wieder leicht dehydriert ist. vielleicht auch, weil der raum ausgesprochen schlecht gelüftet ist. hat sternchen vor augen, ächzt zur seite im sessel. zückt kommentarlos sein telefon, als der schwindel vorübergeht, und bestellt pizza für zwei. lässt sich von dem jungen die adresse geben. der rutscht unvermittelt in seine schülerrolle. antwortet, bevor noch die frage zu ende formuliert ist, und antwortet wie bei prüfungen.

was tun sie, bis die pizza geliefert wird? – sie hören sich den track an, auf dem die mutter des jungen davon spricht, ihn und seinen vater zu verlassen. die nacht außerhalb des raumes währenddessen ist vollkommen. gründe und gegengründe, kleine veränderungen im hintergrundrauschen, geschichten, denen die sprecherin beispielcharakter beizumessen scheint. in keiner davon kommt der lehrer vor. das scheitern beider zuhörer, die zusammenhänge sinnvoll zu deuten. auch, gegen ende: das erwartungsvolle gesicht des jungen, auf den lehrer gerichtet.

was tun sie, nachdem sie gegessen haben? – sie klären, was dreiundneunzig war. da wurde das band aufgenommen, sagt der junge, der sam heißt, kurz für samuel, und da verschwand sie. sie klären die frage, wie das war, mit dem lehrer und ihr. der junge reagiert nicht nennenswert darauf, dass er erzählt bekommt, wie seine mutter eine schlägerei anzettelt und sich zwei fremden in einem hinterhof hingibt. aber er nennt dem lehrer auf nachfrage ihren vornamen, und der lehrer wundert sich da zum ersten mal an diesem abend, dass der junge ihm von anfang an geglaubt hat. der junge erzählt auch davon, wie er aufgewachsen ist. von einem haus, wo die stadt eben noch nicht hinreicht, an der bundesstraße. von einem gespräch, erst vor kurzem, mit seinem vater, als der ihm das tape zum geburtstag überreicht hat. schließlich davon, dass weder sein vater, noch er, noch sonst jemand, zu wissen scheint, wohin seine mutter verschwunden ist. dass zumindest der vater auch nie versucht habe es herauszufinden.

wann geht der lehrer? – spät, und erst, als ihm was klar wird. da aber fluchtartig. dreiundneunzig, da war der junge drei. da ist sie verschwunden. der abend in einem hinterhof, von dem er dem jungen erzählt hat, das war neunundachtzig. oder neunzig? eher neunundachtzig. die möglichkeit, dass er den kerl, bei dem der junge aufgewachsen ist, kennt, ist gegeben. das kommt ihm plötzlich, gegen mitternacht. das sagt er dem jungen nicht. natürlich. nicht zu wissen, wohin die mutter des jungen gegangen ist, dreiundneunzig, ist ihm in diesem licht nicht mehr hinnehmbar. das sagt er dem jungen. zwischen tür und angel. unter farbigen neonröhren. betrachtet auch, widerstrebend plötzlich, das gesicht dieses jungen genauer. lässt, was sich da aufdrängt an möglichkeiten, nicht zu. noch nicht. das kommt später. da ist er schon draußen. da haben sie schon vereinbart, dass der lehrer am wochenende mitkommt, in das haus vor der stadt.

4 haus vor der stadt

ein verwilderter vorplatz, ein alter dreikanthof. links und rechts der zufahrt kleine felder. brachen und bauplätze weiter hinten. jenseits der hauptstraße ein felshügel, wächst unvermittelt aus dem boden, kleiner klettergarten, kaum vegetation, auf der kuppe ein wäldchen, da fällt das sonnenlicht durch, das wirft unklare schatten. deutlich die gesteinsschichten im hang, faltenwurf, brüche. als der lehrer aussteigt, der gedanke, was die welt früher war. dann der gedanke daran, was er selbst früher war, bildender künstler, allein die bezeichnung schon, dass ihm der ekel in die mundwinkel steigt. sieht in der spiegelung im autofenster nach lachen aus, nach befreitem lachen obendrein. da wendet er sich ab. scharrt der junge nervös mit den füßen im kies. die situation ist befremdlicher, aufgezwungener, als der sich das wohl vorgestellt hat beim aussprechen der einladung. der lehrer dagegen nicht überrascht von dem seltsamen schweigen im auto, beim herfahren. hatte da schon die vermutung, er würde sich plötzlich als eindringling empfinden. ist ja nicht so, als wäre das hier ein höflichkeitsbesuch.

das aufsuchen fremder lebenssphären mit dem ziel, was ganz bestimmtes zu kapieren. durchaus gewaltsam das.

„was wollen sie eigentlich wirklich hier?“ – „hab ich dir ja gesagt: sehen, wie sie gelebt hat, deine mutter. deinen vater treffen. falls ich ihn kenne … wenn nicht, wenn der fragt, dann was schulisches …“ – „unnötig, herr professor.“ schüttelt der junge schmunzelnd den kopf. „dem ist sowas egal. wenn er unsere anwesenheit überhaupt zur kenntnis nimmt.“ – „verstehe ich nicht.“ jetzt sind sie um das haus halb herumgegangen, verschiedene stufen von verfall und ausbau, kleine lager mit baumaterialien, eine mischmaschine im hohen gras am rosten, ein holzsteg im blankgetretenen lehm zu einer hintertür. weist der junge auf ein verdunkeltes fenster: „der arbeitet jetzt.“ er lässt den lehrer rein, dann eine schmale treppe rauf, zweite tür, mit schloss, der junge zückt den schlüssel. ziegelstaub, und intensiv der geruch der hanfplantage. hier, irgendwo, hinter den wandverschalungen. lässt ihn der junge durch, mansarde, halb leergeräumt, aber atmet noch bewohntsein. musik von unter ihnen. richtig laut. immer wieder dieselben paar takte. so sehr aus dem kontext, dass nicht mal gesagt werden könnte, ob das jazz oder pop ist oder sonstwas. weist ihn der junge in einen lehnstuhl und kramt in einer truhe rum.

„hab mir gedacht, das könnten sie vielleicht sehen wollen.“ ein foto, erkennt der lehrer nichts, hält der junge mit der rückseite zu ihm, schließt die bewegung noch nicht ab. „könnten sie auch zugeben, sich geirrt zu haben?“ da drückt sich diffuses misstrauen aus, das nicht weiß, was es selber meint. wartet der lehrer, passt sich der erwünschten dramatik an, vermeidet ein grinsen, nickt schließlich. was die welt früher war: so shakespearefiguren auf holzplanken überm lehmgrund. und jetzt: das verlangen, gelegentlich, danach, dass es wieder so würde. die hoffnung auf die normative kraft der seifenoper. und unterbricht eine erneute eruption von sounds den ablauf. der junge legt ihm das bild auf den schoß und betrachtet ihn von oben. in erwartung irgendeiner reaktion.

ist ein vater-mutter-kind-idyll auf dem bild, vor dem hintergrund des hauses, in dem sie jetzt sitzen, frühere ausbaustufe, andere eingangstür. der junge, einzwei jahre alt, sitzt im vordergrund, auf einem tisch. kastanien in der hand, die hält er dem betrachter entgegen. dahinter links die eltern in ausladenden gartenstühlen. königspaar-pose, zurückgelehnt und aufrecht, und ihre hand in seiner, die gesichter nicht allzu unscharf. rechts ein baum, der jetzt dort nicht mehr steht. klar kennt der lehrer die, beide. wie hoch ist die wahrscheinlichkeit? der junge sieht die frage zucken, in augenbrauen und mundwinkeln, ehe der lehrer seine züge wieder auf ausdruckslos stellt. und beginnt zu plappern. fragt nicht. plappert wirklich nur irgendwas. diese neigung zur übersprungshandlung, denkt der lehrer nebenbei, blick auf das bild, unverändert. und unter eruptionen der musik das ganze, wieder, wieder. verändern

arbeiten drei wochen da, und dann ist es herbst. haben ein wenig geld beisammen und verstehen schon ein paar brocken dieser sprache. fahren mit jemandem mit in eine der größeren städte. wird sich alles finden, erstmal. diese flucht hört da nicht auf, und warum sollte sie?

sich endlich, ganz leicht, jedesmal, wenns von unten wieder mit dem selben takt losgeht. mehr oder weniger bass, delay, hall, so zeug. was es braucht, um sowas zu bemerken. musst du vertraut sein mit den abläufen an einem ort, dass du sie deuten kannst, denkt der lehrer. der junge hat keine antwort erwartet. das war selbstdarstellungsmist. kennt nur einen teil der story, klar, und grenzt sich rechtzeitig ab. nimmt sich raus, oder versucht das zumindest, indem er mit schulischem anfängt. gemeinsame basis für ihn und den lehrer. noch immer das bild in der hand, und noch immer den blick drauf.

die frau da, von der er bloß noch die stimme kennt. jetzt fällt es ihm wieder ein. ihre riesigen titten, ihre eigenartige, mit schultern und armen raumgreifende körpersprache. ihre ausdruckslosen augen, auf den ersten blick. hier allerdings, auf dem bild, ganz anders. sieht aus wie eine ältere schwester des mädchens, an das er sich erinnert, und erst jetzt wieder so richtig erinnert. an diese art zu gehen auch. da sitzt sie. lächelt leicht, blick auf ihr kind, auf den jungen. daneben die andere hälfte des elternpaars, vielleicht: hager, dunkel, unrasiert, mit ungepflegtem schwarzem langhaar. charmant der blick, einsamer ritter, kopf zu ihr gewendet. als hätten die das gestellt fürs foto. die rollenverteilung, all das. selbst der lichteinfall auf ihren gesichtern wie aus dem lehrbuch. frontal für frauen, seitlich für kerle. aber nicht gestellt. das verrät die kaffeetasse in der hand des typen, die ist in bewegung samt

als einmal ein arbeiter zudringlich wird, sehen sie, wie gut sie noch immer sind. der teilt abends bier mit ihnen und greift mit selbstverständlichkeit nach ihren schenkeln. sie drehen ihm die hände auf den rücken, drohen mit einem prügel, warten. der mann ist erst ungläubig, dann konziliant. sie trinken dann weiter zusammen, aber merken wird er sich das.

unterarm, der ist verwischt, ein körniggrauer fleck am linken bildrand. so unbefriedigend wie die unkenntnis, was aus ihr geworden ist, dieses bild. aber: dunkel und hager und unrasiert. diesen kerl hat er gekannt, den hat er dreimal getroffen. mit dem saß er in einer fabrik rum, nach der endgültigen schließung, mit dem soff er vodka, und mit dem ist er, in gesellschaft dieses mädchens auf dem bild, durch die gassen der stadt gegangen.

wie hoch, nochmal, ist die wahrscheinlichkeit? und was die ihm gesagt hat, über ihre kerle. damals. was er erst jetzt wieder erinnert. vielleicht auch falsch erinnert, ist ja möglich. wie die das erklärt hat, als sie über den körper dieses hageren gartenkönigs da, auf dem bild, gebeugt war, ganz wo anders – was sie macht mit ihren kerlen: dass sie sie in kämpfe treibe, oder auf kämpfe warte, in denen sich entscheide, wem sie angehört. dass sie, so hat sie es angedeutet, an jenem abend, dass sie das geil finde, das alte dominanzspiel, niederlagenspiel. dass sie sich selbst darin vergessen konnte, ganz gezielt, denkt der lehrer jetzt. das wettkampf-ding also, von dem sie ihm damals erzählt hat. und was das ausgelöst hat bei ihm. vielleicht auch gar nichts, aber. das ist jetzt wieder präsent. wie er auf die idee gekommen ist, was anderes zu machen.

was anderes als diese kunst nämlich, die ihn ja gar nicht interessiert hat damals. die war auch nichts anderes, die kunst, als so

die fuchsmaskenfrau, und das sieht die stripperin erst da, wie sehr die maske zu diesem gesicht gepasst hat, die fuchsmaskenfrau denkt lange nach. schläft zwischendurch fast ein. es falle ihr niemand ein, von dem sie wolle, dass er weiß, wo sie sei. dann, der gedanke gefalle ihr.

ein sieg-und-niederlage-spiel, ein freier markt, ein konkurrenzding. das hat er erst gemerkt, als er sich von ihr entfernt hat in dieser nacht damals. dass sein existieren auf dem kunstmarkt was gemeinsam hatte mit ihrem umgang mit dem eigenen körper. vielleicht auch das falsch erinnert von ihm, aber die angst vor der niederlage, vor dem verlust an marktwert, die dazu geführt hat, dass er auf ein lehramt hinstudiert hat … die hat damit begonnen, dass sie ihm erklärt hat, wie sie das macht, mit ihren kerlen. und was ist jetzt?

jetzt findet er, dass sie das aufgegeben hat, kaum, dass sie ihn traf. vielleicht aufgegeben hat wegen einer geringfügigen menge körperflüssigkeit, die er abgesondert hat. wahrscheinlich nicht. wahrscheinlich eher wegen ebensowenig körperflüssigkeit, und die kam von diesem anderen da. diesem tontechniker, kaum zwei meter unter ihm jetzt am arbeiten. von dem er nicht den namen weiß. jetzt versteht er es wieder. das mit der kunst, das mit dem lehramt. hat er vergessen, hat er sich erlaubt zu vergessen: dass da eben kein unterschied ist, soweit es um die tragweite des berufs für die persönlichkeit geht. bloß die sicherheit. reicht der job, den er jetzt hat, natürlich nicht. die wenigen stunden. keine volle lehrverpflichtung, bloß paar hundert euro im monat. für das, was darüber hinausgeht, sitzt er zeit in einer galerie ab. bilderbewachen, gewäsch in gegenwart von kunden absondern. ist ihm jetzt bewusst, wieviel lieber ihm das ist als diese andere scheiße. das

worüber sie reden, abends. bei wem sie sich melden werden, vielleicht, in ein paar monaten mal. die mal gestrippt hat, erzählt der anderen erst da, dass sie ein kind hat. von dem hageren. stellt sie sich vor, wie der inzwischen sicher schon kontakt zu ihren eltern aufgenommen hat, wegen dem kind. grinst sie unversöhnt. den, oder den sprengmeister, anrufen.

haben die ausgelöst, da auf diesem bild. erinnert sich auch, und genau, an die form ihres rückens, samt arsch, wie der vor ihm hing. so himmel und erde. beginnende zweifel, und die glätte von haut.

der junge inzwischen im schneidersitz auf dem boden zusammengekrochen, wartet ab, dass der lehrer fertig wird mit bildanstarren. was sein muss, muss sein. mit stoischem blick. und dreht sich dann endlich der lehrer zu ihm. wieder verankert im jetzt. „sag mal. wer hat das foto eigentlich gemacht?“ – „weiß ich gar nicht.“ antwortet prompt, akkurat. fast fällt er dem lehrer ins wort mit der antwort. steht gleich wieder auf. macht weiter. „wird einer der freunde von erich gewesen sein.“ – „erich?“ – „mein vater.“ so heißt der kerl also. auch: vollziehen sich weitere änderungen, größere, in den paar takten musik, die dieser erich unter ihnen am abmischen ist. bei der nächsten eruption plötzlich ein blasinstrument im vordergrund. das war bis jetzt noch gar nicht dabei.

nimmt der lehrer diesen namen in den mund. leise: „erich ...“ der junge geht auf und ab, wartet. signalisiert sowas wie kooperationsbereitschaft. aufmarsch von fernsehdetektiv-szenen im kopf des lehrers. stereotyp. etwas wissen, oder nur vielleicht etwas wissen, und genug passivität zeigen, dass es zum vorschein gebracht werden kann. deshalb der bewegungsdrang des jungen. das missfällt ihm, dass er sich plötzlich als nebenfigur sieht. seit wann? – nicht

ihr geld reicht für eine woche campingplatz und nahrung. für die arbeit in der apfelpflanzung genügt eine rudimentäre zeichensprache. niemand macht ihnen schwierigkeiten. der dorfbulle nicht, der platzwart nicht, ihr arbeitgeber nicht. schlafen unter einem vordach, eng genug verschlungen, dass die decke reicht, die ihnen einer geschenkt hat.

seit sie ins auto gestiegen sind. eher seit sie den raum hier betreten haben, oder seit der ersten geräuschwelle von unten, aus dem tonstudio. die macht, die die fernsehproduktionsgesellschaften übers seelenleben haben, lässt sich erahnen, wenn sowas die kategorien abgibt: detektivserie, nebenfigur. haupt erhoben. für einen kurzen moment. den löscht dann ein nebenbedürfnis des lehrers wieder aus: runterzugehen zu diesem erich. sich den mal anzusehen. und zu hören, was der erzählt.

das verhindert der junge, mit entschiedenheit. „wenn der mixt, ist er auf speed. zwei tage am stück oder so. weiß nicht, seit wann diesmal, aber kann ihnen garantieren, dass nichts gescheites dabei rauskommt, wenn sie da jetzt reingehen." die hand des jungen auf seinem brustkorb, torwächter-haltung, seraphisch, mischwesenhaft, die antike als denkraum, skulptur als bezugsgröße menschlicher körper im raum, plötzlich. akzeptiert der lehrer das erstmal, man wird sehen, setzt sich wieder, folgt seinen gedanken zurück an einen bestimmten punkt. und atmet durch. und tippt mit fingerknöchelchen aufs bild. und fragt: „also. ihr habt keine ahnung, was aus ihr geworden ist?" – „ich zumindest nicht. erich hat mich aufgezogen, und war nie ein thema, seit ich etwas älter bin, wo die mama ist. also mir hat er gesagt, dass sie verschwunden wäre, als ich drei war, im frühling, gerade, als sich sowas wie normalität eingestellt hat." – „hat er davon geredet, wie sie sich kennengelernt haben?" – bei der frage ärgert den lehrer sein eige-

---

in dem wirtshausbett klappt das das erste mal besser mit ihrem sex. morgens stoppen sie ein auto, und nachmittags schon sind sie hinter der grenze. niemand wollte ihre pässe sehen. die sprache hier verstehen sie noch nicht. auf dem campingplatz, vor dem jemand sie aussteigen lässt, wohnen erntearbeiter. es ist apfelzeit.

nes grinsen, die art, wie er seine augen zu schlitzen verengt. aber muss so laufen. hat sowas wie zorn in sich, von sich selbst in den erzählungen des jungen über ‚mama' keine spur zu entdecken. was hat er erwartet? – und die antwort des jungen eindeutig: „hat er nie direkt davon erzählt. ich weiß nur, dass sie erst gemeinsam in einem haus in der stadt gewohnt haben, mit noch ein paar anderen, wissen sie, das ganze haus eine wg oder so. auch, dass er dort mit dem musikproduzieren angefangen hat. ja." – „erzähl mir noch was von später. er hat dir dieses tape da geschenkt, ja?" – „jetzt vor kurzem. waren wir hier heraußen, paar kumpels und ich, meinen sechzehnten feiern. er auch dabei, mit einer freundin und einem musiker, der oft hier ist. hat mich irgendwann zur seite genommen und hat mir dann das tape in die hand gedrückt. hat gesagt, dass er fast darauf vergessen hätte. dass sie das für mich dagelassen hätte, direkt, bevor sie verschwunden ist." nickt der lehrer, jetzt selbst rastlos, bewegungsdrang brandet, er fühlt sich zu groß für das zimmer hier, puppenstuben-gefühl, als müsste, was er berührt, automatisch zerbrechen. schaut hin und her, denkt nach. beobachtet der junge das, wartet wieder, fragt dann, ziemlich plötzlich mit einer gewissen nüchternheit: „und was jetzt?"

ganz allgemein passiver jetzt, als die pose vermuten ließe, die er dem alten gegenüber und in der schule immer eingenommen hat, der junge, denkt der lehrer. ob das seine gegenwart ist, oder das vaterhaus hier, oder mit ‚besser kennenlernen' zu tun hat, steht

verschwinden wieder in den weinbergen. jenseits der hügel übernachten sie in einem wirtshaus. da können sie schon wieder denken. da reicht die panik nicht mehr hin, sich vorzustellen, was kommt. nicht, dass sie traurig oder ängstlich oder wütend wären, weil sie auf der flucht sind. ist bloß zu viel auf einmal.

nicht in frage. ist nicht so wichtig. ist bloß, dass der lehrer das selbst nicht weiß, was jetzt ansteht. „also mit … erich zu reden, hältst du für keine gute idee?“ – „könnens gern probieren, wenn der pause macht. das hören wir von hier, wenn er in die küche geht. aber nützt wahrscheinlich nicht so viel.“ – „schon klar. weißt du. das ist jetzt total unwahrscheinlich. aber ich habe dir ja erzählt, dass ich und noch so ein kerl mit deiner mutter durch die stadt spaziert sind.“ – euphemismus jetzt, als die zusammenhänge greifbar werden. hat er ein wenig anders berichtet, vor ein paar tagen im zimmer des jungen, hat es so berichtet, dass es beiden im gedächtnis geblieben ist. – „ja?“ – „also dieser andere. das ist wirklich der erich.“ – schnaubt der junge. gibt nirgends größere meister in strategischer coolness als unter den sechzehn-siebzehnjährigen. nicht zu erahnen, wie seine reaktion ausfiele, wenn er sich nicht gerade drauf verlegt hätte, beeindruckend und abgebrüht erscheinen zu wollen. dreht sich aber dann immerhin weg, steht am fenster und schaut raus. die hände, wieder fernsehseriengestik, gegen den rahmen gestemmt, der rücken durchgestreckt. ein zweites mal schnauben. eine art gelächter. oder was dem freundeskreis des jungen als nobelste mögliche andeutung davon verständlich ist. dem lehrer nur mittelbar. coolness zweiter ordnung.

beginnt dann tonlos: „und sie sind sich sicher, dass sie mir nicht gezielt nachgeschlichen sind, in das wettbüro? herr professor?“ – diese frage auch immer berechtigter, je länger das geht, denkt

im ersten haus, zu dem sie kommen, ist alles, was sie brauchen. gehen rein und durchwühlen laden und schränke. da ist ein junge, etwa vierzehn. sieht träge und verwirrt von der veranda aus zu. die verkäuferin sagt was zu ihm. der antwortet nicht, der steht bloß da.

Sind Sie
interessiert?

der lehrer, und weiß nicht, ob er sich das glauben würde, diese antwort: „na klar bin ich da sicher.“ – „dann ist das der unglaublichste zufall, von dem ich bis jetzt gehört habe.“ – sowas wie ein kern von angriffslust, ohne objekt, ohne bewusstsein, aber trotzdem. hört sich nach berechtigtem vorwurf an. bloß wem soll der gelten? auch: was sagt man da drauf? schaltet auf doku-film-sprecher, auf unpersönlichen reflexionsraum, auf schulterzucken: „jeder zufall ist unglaublich. was war die chance, dass erich und ich uns damals über den weg gelaufen sind? gerade als deine mutter dort vorbeikommt und die idee kriegt, ihr ding mit dem kämpfeprovozieren durchzuziehen? war ja nicht so, dass wir uns verabredet gehabt hätten. außerdem, ein bisschen größer gedacht: wie wahrscheinlich ist es, dass ich dann gerade in deiner schule lande als lehrer?“ – das war ein schlechtes beispiel, und der junge kann jetzt zeigen, dass er das auch draufhat, das unpersönliche, das objektive, kalte. zählt kurz was durch, mit offenem mund, und sagt dann: „eins zu dreiundzwanzig. oder?“

„aber dass sie nicht nur zugleich mit ausgerechnet mir da rumhängen nach der schule, in dem wettcafé, sondern mich dann auch noch belauschen. von allen geschichten, die dort oder in der schule gerade irgendwie spannend gewesen wären …“ – seufzt der lehrer. „nicht falsch verstehen“, schiebt der junge nach, „nicht falsch verstehen. ich glaube ihnen das schon, das wäre sonst wohl alles anders gelaufen. ich finds nur abartig. echt.“ und jetzt lacht

---

sie lassen das auto auf einem waldweg stehen und gehen durch die weinberge auf eine vorstadt zu. klamotten für eine brauchen sie, für die stripperin, und pässe für zwei. nachdenken müssen sie nicht. einverständnis und panik reichen hin. es ist nachmittag.

der lehrer, aus voller kehle, brutal gegen das puppenstubenseelchen ihres gesprächs, denn jetzt ist da endlich ein bisschen was naives an der art, wie der junge redet. das kann er greifen. das versichert ihn irgendeiner sache, weiß selber nicht, welcher, aber spürt die sicherheit, das erleichtert ihn.

als das lachen verklungen ist, und als der junge sich wieder gesetzt hat, hände im schoß, akzeptanzgeste, dieser kifferblick, der rüberbringt, dass wirklich nichts einen wundert oder aus der ruhe bringt, rückkehr zur sache. fragil, die haltung des jungen, denkt der lehrer, während er spricht. das sagen ihm die schultern. da ist ein muskelzittern, gelegentlich. das kommt so abrupt wie die sounds von unten, und gerät ebenso abrupt dann wieder unter kontrolle. „also. kannst du dir vorstellen, dass dein vater nachgeforscht hat, ohne dir das zu erzählen? dass er was weiß und dir das nicht erzählt hat?“ – „glaube ich nicht. der war sogar in einer weise ehrlich zu mir, die ich mir nicht immer so gewünscht hätte, über mama und sich und so.“ hält nichts zurück, der junge, aber ob das jetzt gut ist oder schlecht, das muss sich zeigen. die gefahr, über gefühle was zu sagen. die größere gefahr, über die gefühle anderer was gesagt zu kriegen. geht der lehrer nicht drauf ein. „ich möchte es, bei gelegenheit, trotzdem von ihm hören.“ mit übermut. „möchte sowieso hören, wie der jetzt redet.“ beruhigend beiseite, für den jungen: „bei gelegenheit. wenns jetzt nicht passt, ist es auch ok.“ der nimmts an. nickt das ab. ‚nächste frage bitte‘, in der art.

rasen los, stadtauswärts, richtung autobahn, dann denken sie sich, dass das bescheuert ist. fahren sie auf einem anderen weg wieder rein in die stadt, da pisst eine den sitz voll, weil sie nicht stehenbleiben wollen. jemand redet mit ihnen, über polizeifunk, eine frau, die klingt so hysterisch, wie sie selbst sind. sie antworten nicht.

„und es liegt hier auch sonst nichts mehr von ihr rum?“ – „hmmm.“ sozialgeräusch mit der bedeutung, dass der junge nachdenke. kein befriedigendes ergebnis. schüttelt gelegentlich den kopf, sagt jedesmal kurz vorher sowas wie „warten sie mal …“ – „einen moment …“ – „vielleicht …“. dass das jetzt wieder die nebenrollensprache, die krimi-geste ist, bezweifelt der lehrer. das ist verwirrung unterm zwang zur entspanntheit.

so kommen sie nicht weiter. das sagt der lehrer dem jungen, der bestätigt das und lässt sich bereitwillig aus dem nachdenken reißen. „sieh mal. ich will das wissen, wo sie hin ist. diese kurze begegnung mit ihr damals … sie war in einer weise unreif, kam mir – uns – so daneben vor. das hat was in frage gestellt für mich. sogar ziemlich viel. das hat was verändert an der art, wie ich lebe, verstehst du?“ der junge nickt pflichtschuldig, versteht natürlich nicht, denkt der lehrer, wie soll er auch, das war jetzt nicht mal die halbe wahrheit. und wen hat er da geschont, den jungen oder sich selbst? die frage rollt heran, mit einer neuen version der ewig gleichen vier takte sound von unten, irgendwie gefiltert diesmal, die frage rollt, ob er das überhaupt besser formulieren könnte, wenn er wollte. das, was sich denken lässt über sie und seine begegnung mit ihr. was natürlich auch fehl-erinnert sein könnte, unterm eindruck eines halbbewohnten zimmers, in einem halbrenovierten gebäude, nahe der straße, knapp vor der stadt. ein zauberzimmer. als könnte er das einfach ändern. das script umschreiben, indem

das polizeiauto steht vor der tür, ein kleinbus. sitzt noch einer drin, am fahrersitz. schnappt sich die stripperin im laufen eine lose latte von der vorgartenumzäunung. die kriegt der von der seite in die rippen. ansatzlos, wie vorhin. one-on-one. der klappt zur seite. und der schlüssel steckt.

er anders davon spricht, als er gedacht hat, zu denken. was ihn zu dem kerl gemacht hat, der er ist. also, der kerl bliebe gleich, bloß die story würde sich verändern. dieses mädchen damals, mit ihren dummen augen, dieser weit zurückliegende geschlechtliche verkehr, als einschneidender krisenmoment? da überfrachtet er was, denkt er. wo die hingegangen ist, aus diesem haus weg. am ende natürlich, und dann ist es an dem jungen, das auszusprechen: ob er sie nicht vor allem anderen wiedersehen wolle? also, und dieses zweite fragt der junge dann zum glück nicht: ob es um sowas wie phantomverliebtheit geht? eine erinnerung daran, was man gewesen ist, oder gewesen sein könnte, und der antrieb, in diesen zustand zurückzufinden? sowas wie vergötzung eines mädchenkörpers, der am falschen ort in den eigenen träumen rumsteht, am ort des falschen zeitpunktes? und das erste mal die vorstellung, wie alt sie mittlerweile ist, und wie sie sich verändert haben muss, ganz zwangsläufig: jenseits der dreißig inzwischen.

nochmal: „vielleicht wollen sie sie einfach mal wiedersehen?" – natürlich antwortet der lehrer darauf nicht, nicht mal mit einem grunzen, der ignoriert das. und der junge, aus der schulterspannung heraus mit schiefgelegtem kopf, merkt, dass er was getroffen hat mit seiner frage, wiederholt sie nicht, jetzt ratschlag, talkshowmaster-stimme: „also, wenn ich ganz dringend herausfinden wollte, wo die ist." – „ja?" – „bin noch nie auf die idee gekommen, hab auch erich nie gefragt, was er davon hielte, wenn ich das

---

die beamten sind zwar ausgebildet. haben aber nicht damit gerechnet, dass sie so ansatzlos aufs maul kriegen. konzentriert, gezielt, mit voller kraft. ein zahn und ein nasenknorpel brechen. so schnell schon, dass da blut ist. dann nutzen die beiden den überraschungsmoment und rennen. sie sind gut in sowas geworden..

mache, nicht mal, als ich jünger war, wissen sie? also: wenn ich wirklich wissen wollte, wo sie ist, die mama, dann würde ich zum meldeamt gehen, mal versuchen. weil: bei uns ist sie nicht mehr gemeldet. das wissen wir. war sich höchst persönlich abmelden. also etwas mehr als ein halbes jahr, nachdem sie verschwunden war.“ – „muss ich zweimal nachhaken: woher hast du das? und: warum ein halbes jahr?“ – „das eine: hat mir der erich erzählt, war ich zwölf. da hab ich mich gerade nicht so gut mit seiner damaligen verstanden. und dann so von mir in einem streit die ansage, dass er sie in wirklichkeit wohl vertrieben hat. wollte ich gerade sauer auf ihn sein.“

jetzt ist der lehrer die nebenfigur, und das hier nicht talkshow, sondern ganz großes kino, familienfilm, hauptabend, drama, mit bekannten schauspielern nebst landschaftsaufnahmen. so: schon wieder: was die welt früher war. jenseits der fenster der hang am verwahrlosen, zwielicht mittlerweile, zwischen den sounds von unten die vögel jetzt. was die welt früher war. und wie die stories sich in den enklaven der menschlichen gegenwart einnisten. springen dich an, kaum, dass du sachlich über was zu reden beginnst, denkt der lehrer, die autoritätsfigur. der junge tonlos.

„und er ohnehin gestresst, und hat gesagt, das weiß er mit sicherheit. die hat sich abgemeldet, und nicht mal das hätte sie auf die reihe bekommen, sogar das hätte mehr als ein halbes jahr

haben die wohnung abgehört. sind gekommen, um zwei verhaftungen durchzuführen. sind zu viert. die verkäuferin lässt sie rein. die stripperin hört sich das an, was die sagen. dann rennen sie los, zwischen den hinteren beiden, denen bei der tür, durch. oder versuchen das zumindest. die wollen sie aufhalten.

gedauert. hat da nicht nachgefragt, wohin sie gezogen ist. hat mir aber so einen scheiß erzählt, von wegen, sie hätte den beamten bestochen, damit der ihm nicht sagt, wo sie hin ist. war ihm gerade alles zuviel gewesen, wissen sie, die freundin am rumzicken und ich auf streit aus und er auch, weil zu wenige aufträge. da hat er sich reingesteigert und hat rumgebrüllt: wie die den beamten dort überzeugen wollte, sich das tatsächlich zu merken – genau ihm nicht zu sagen, wo sie wohnt, ‚na? junge, dämmerts?' so ist mir der gekommen. war aber blödsinn. sowas macht kein typ auf dem meldeamt. der ist sonst seinen job los. hab die geschichte damals nur zur kenntnis genommen. haben nie wieder drüber geredet. dass erich da einen scheiß erzählt hat, ist mir später gekommen." und bewundernswert der junge da, die kiffer-ruhe, den möchtegern-schamanen-gestus, immer noch aufrecht, ahmt die sprache des vaters nach, dass sich der lehrer was drunter vorstellen kann, aber hebt die stimme dabei nicht aus dem tonfall eines fernsehberichtes raus. macht eine gedankenpause, rollt die schultern nach hinten, dass es knackt, schaut den lehrer an, der sich nicht mehr rührt jetzt, ganz ohr. „was das andere betrifft: warum sie ein halbes jahr gebraucht hat, um sich umzumelden … keine ahnung. denke mal, solange hat's gedauert, bis sie was fixes gefunden hat. oder war's auch nur ein blödsinn, den erich erfunden hat."

dann sagt der junge nichts mehr, schaut zum fenster raus, bisschen glasig, aber ruhig und vollkommen unangreifbar, eine altarfigur mit

---

die verkäuferin hat einen kerl, der manchmal kommt zum bumsen. die stripperin hat es auch bei ihr versucht, aber das funktioniert nicht so gut mit ihnen. das ist tastend, liebevoll, mühsam. deshalb hat sich die stripperin die couch zum bett umgebaut. da sitzt sie, mit skripten über das sunk-costs-dilemma, als die bullen dann doch noch vor der tür stehen.

hochgebundenen dreads, atem ebenmäßig, schultern ganz entspannt jetzt. als der lehrer schließlich reagiert, ist es dunkel genug geworden, dass es was bringt, das licht einzuschalten. und von unten dringt nicht mehr nur gelegentlich ein undefinierbares stück sound durch den boden. jetzt läuft die ganze nummer ab. viel zu laut. holz vibriert. als der lehrer reagiert, sagt er nicht viel. bricht die ganze stimmung auf. klatscht mit den handflächen auf seine schenkel: „na dann!“

haben einen haufen bilder von sich in die halbleere zauberkammer hier gestanzt inzwischen, denkt der lehrer. mein leben als krimi, als doku, als drama und talkshow, mit tendenziösen zuspielungen und allem. hasst mit inbrunst, für eine sekunde, die wieder vergeht, die vorstellung, heimzufahren und mit seiner freundin vor dem fernseher zu sitzen. denkt sich statt dessen eine kollision. denkt sich, ihren schlanken körper roh gegen das tischchen zu stoßen, wo die glotze steht. denkt sich, wie die runter fiele und implodieren müsste. dann liebe zu machen, neben dem schwelbrand auf dem parkett, und erst dann die glut zu löschen. so etwas in der art denkt er, und lässt es wieder verschwinden. sowas trübt die sicht. raucht jetzt mit dem jungen, diesem sammy da, einen joint.

war auch inzwischen unten, in der küche, um dort vielleicht auf erich zu treffen, den soundbastler auf speed, als den er sich den kerl von damals nicht so richtig vorstellen kann. war nicht möglich.

die frage stellen sie sich manchmal, sachte: was das war mit ihnen und der gewalt gegen arschlöcher? das ist zu klar, als dass es dafür eine erklärung gibt, sagt die verkäuferin. das war einfach so. blödsinn, sagt die studentin, dafür gibt es eine erklärung, und die ist wenig schmeichelhaft für uns. lass bleiben, sagt die verkäuferin.

als der lehrer die küche betrat, ging gegenüber die tür zum studio gerade eben wieder zu. ging der lehrer dem nach, klopfte. klopfte laut. drehte der typ da drinnen bloß die musik lauter als antwort, andere nummer jetzt, und stand der lehrer in der leeren küche. die neue nummer schneller und bösartiger, die musiker anscheinend virtuoser. ging wieder rauf zu dem jungen. da sitzen sie jetzt, und rauchen, und was sie reden, hat nichts mit der mutter des jungen zu tun.

sie und die fuchsmaskenfrau in deren wohnung. sie und die fuchsmaskenfrau im park, da stellen sie baseballschläger und stahlrohr ins gebüsch. erst mal. sie und die fuchsmaskenfrau und sowas wie ein alltag. der professor mit dem schildkröten-profi ist inzwischen aus dem krankenhaus raus.

5 u-bahn

beinahe leer, der u-bahn-wagen. ein penner und ein tuschelndes pärchen, am anderen ende. rücken in fahrtrichtung, ausgestreckte beine beide, lehrer und junge. sammy, sam. sind auf du, seit dem ofen, den sie zusammen geraucht haben. kennt der junge den lehrer beim vornamen. war sich nicht sicher, ob er den auch verwenden soll als anrede, vorhin, auf dem schulhof, in gegenwart dritter. hat sich dafür entschieden, und lag richtig. hat die umstehenden nicht interessiert. warum auch? aber genug gepresste luft in diesen offensiven atemzügen und aufrechten haltungen. seine eigene haltung zu diesem zeitpunkt so wie die des alten viel früher, denkt der lehrer jetzt. des alten in dem wettcafé, in gegenwart des jungen. das bemühen um aufrechte haltung, um konkurrenzfähigkeit, dem sehnigeren fleisch da gegenüber. fahren quer durch die stadt jetzt, die beiden.

war der freundin des lehrers schwer zu erklären gewesen, dass er nach der arbeit in der schule noch unterwegs sein würde. er will noch immer nicht mit gründen rausrücken, er hält die ganze

wird da gemeldet bleiben, erstmal. wird ihn wiedersehen. er gefällt ihr nach wie vor. die verkäuferin gefällt ihr besser. sie hat mit der mehr gemeinsam als mit ihm. sie hat überhaupt mal was mit wem gemeinsam, so sagt sie. tröstet ihn auch: er kenne sie besser, als die sie je kennen werde. sie ist darin geübt, zu verschwinden.

sache geheim, er musste was erfinden, und das, was er erfunden hat, das hat sie nicht geglaubt. kein streit, bloß dass sie obendrein noch immer unterm eindruck von diesem eigenartigen sex stand, sonntag nacht, nachdem der lehrer heimgekommen war vom besuch in dem haus vor der stadt. also dachte sich der lehrer das so, als er ihren blick einfing, während er seine erfundene story erzählte, morgens, bevor er losging richtung schule. als ihr blick zärtlich war, und ohne jede vertrautheit. der gedanke, unausgesprochen, dass sich was grundlegendes verändern würde zwischen ihnen. nicht, dass der lehrer das ganze ding mit dem jungen da, mit diesem kiffersammy, ihr alleine und sonst niemandem verheimlichen würde. bloß, dass es sonst niemanden gibt, den sein scheiß genug interessiert, um geheimnisse überhaupt erst mal zuzulassen.

fahren quer durch die stadt, per du und im untergrund, ins rattern des leeren waggons eingeklinkt, meditativ ihre atmungsmuster. das passive fleisch der jungen und blöden, denkt der lehrer, diese bereitwilligen instinktreaktionen auf maschinerie jeder art. der junge wollte dem lehrer ernsthaft erzählen, zuerst, es wäre ihm egal, was der rausgekriegt habe, von wegen meldeamt und so. als würde das, wovon in häusern vor der stadt geredet wird, auf schulhöfen bedeutungslos. übereinkünfte, anderswo getroffen, aspekte einer anderen welt vielleicht. wollte lieber seinerseits dem lehrer erzählen, wie das mit dem alten gelaufen sei, in dessen wohnung. mit dem wetteinsatz. seinen stolz und seine verwirrung

dann endet das gespräch, dann werden die beiden kindisch, dann verstehen sie sich. hören musik, erzählen nichts von früher. gehen abends durch einen park, treffen auf bekannte, betrinken und balgen sich. am nächsten morgen geht die studentin der betriebswirtschaft nach hause, zum letzten mal. raucht mit dem sprengmeister eine zigarette, klärt einiges.

artikulieren. beides auf denselben sachverhalt bezogen: dass er sich auf ein spiel einlässt, durchaus nicht ohne mut, und dass daraufhin tatsächlich geschieht, was hollywood für so einen fall verspricht, oder die ‚chronik'-spalten der zeitungen. dass er tatsächlich konsequenzen provoziert hat, mit einem sieg, über den alten, den hausbesitzer. ‚positive bestätigung', denkt der lehrer, das kennt er, davon hat er gehört, pflichtkurs pädagogik während des studiums, wie wichtig das ist, ‚um die jungen leute zur selbstbewussten teilnahme am öffentlichen leben zu erziehen'. und hat damit die kursleiterin von damals im ohr, plötzlich, jetzt, in der u-bahn. schaut dem jungen auf die halbgeschlossenen augen, um die wieder zu vertreiben. der ansatz, irgendwas zu sagen. fällt ihm nichts ein. nichts wichtiges. station. lichtverhältnisse, die sich ändern. das pärchen am anderen ende des waggons steigt aus. schwere schritte, überraschend schwere schritte sogar.

auf dem schulhof hat der lehrer den jungen reden lassen, immer wieder genickt, darüber wurde ihm kalt im freien, und der junge so langsam am erschöpfen des repertoires. aufgekratzt, kaum, dass er damit angefangen hat. so: „jedenfalls hat er den leuten das angebot gemacht, per brief, wie ich ihm das gesagt hab, und drei von den sieben hausparteien habens gleich kapiert, die haben angerufen bei ihm, die sind drauf eingegangen. das wird jetzt abgewickelt." keine über nicken hinausgehende reaktion des lehrers. hat der junge nachgelegt: „na, ich hab so immerhin drei haus-

irgendwann sagt sie, oder ist es die fuchsmaskenfrau: dass es ja offensichtlich genau nicht darum gegangen sei, arschlöcher zu bestrafen. schon auch, aber: sie hätten ja nur kleinstvieh erwischt. und absichtlich nur kleinstvieh. sei wohl eher um sie selbst gegangen. um das gefühl, jemand zu sein, der zu sowas in der lage ist: gewalt, one-on-one.

parteien zu eigentumswohnungen verholfen mit der wette. das ist nicht nichts!“ und krümmte sich. überzogen, ‚dem ist nicht kalt‘, dachte der lehrer zuerst, und dann, ‚dem sind die leute egal, die da wohnen, dem gehts ums prinzip‘, und drittens, dass der stolz des jungen berechtigt sei. gab aber auch eine kleinigkeit daran, die war beängstigend. beängstigend nämlich, dass der das wort ‚hauspartei‘ verwendet hat, und bruchlos, und mit selbstverständlichkeit. aktiver wortschatz, teil des menschenbilds.

jetzt fahren sie durch die stadt, jetzt stockt der atem mit der maschinerie, jetzt wechseln sie die linie, grell erleuchteter verbindungsgang, ein musiker, kerl mit akkordeon, filzbart, und gehen sie im takt, nun der lehrer bereitwilliger angepasst, der junge schleppend und synkopisch, spricht den vornamen des lehrers aus, mit fragetonfall. „ja?“ – „wohin fahren wir eigentlich?“ – vorhin noch wollte der das nicht mal wissen. erinnert sich der lehrer. nennt dem jungen bloß eine straße in der industriegegend, und der gibt sich zufrieden, dieser synkopen-sam, schleift durch den gang zur treppe, wo der lehrer wartet.

wollte der lehrer dem jungen da, in seinem stolz, unterm schulhofwind, vor der schulgeräuschkulisse, so völlig im diesseits, nichts sagen, eigentlich. war zu ihm getreten in der absicht, ihm zu erzählen, dass er dort gewesen sei, beim melderegister, und antwort erhalten habe, von einem alten fräulein mit hochsteckhaar

was sie für eine ist, weiß sie also selbst nicht. nächstes thema: warum sie das getan hat, mit dem baseballschläger, warum sie beide das getan haben? ‚arschlöcher aufmischen‘, so einfach ist das nicht. sie versuchen das einander zu begründen. warum sich das nicht einen schritt weiter treiben lässt, und immer noch einen.

und ohne sonstige eigenschaften – nein, die, nach der er gefragt habe, sei zwar gemeldet gewesen, „hier, sehen sie?“, aber schon länger nicht mehr, nirgends mehr im inland, mindestens schon ein paar jahre. das schon. aber war da, im herantreten schon, diese absicht bloß das zweite. und das erste, das beherrschende? – war die ruhe, die vom gemeinsamen rumstehen menschlicher körper im wind ausging.

der junge dann klarerweise doch interessiert an den ergebnissen der nachforschung des lehrers. aber erst, als er fertig war damit, sich in diesen zugleich selbstgenügsamen und stolzen redefluss zu krümmen. erst, als er da nichts präsentables mehr an sich zu finden schien, plötzlich, brach er ab. gewahrte die indifferente stille haltung des lehrers. und absicherung vorneweg: „ist mir ja eigentlich inzwischen wieder egal, aber …“ – das gewicht des lehrers in die knie verlagert. augenbrauen. deutlich falsches grinsen. – „soso, ist dir egal. komm schon. ist deine mutter. mir könnte es viel eher egal sein.“

dass das nicht stimmt, das weiß der lehrer. weiß auch, dass der junge weiß, dass er weiß. ist für den lehrer bild der verpassten letzten chance, worauf auch immer, diese frau. für den jungen nur eine fremde, ferne gestalt. bild der fehlbarkeit, der sehnsucht. der hat es leichter damit als die anderen jungs, ödipal geprägt zu sein, denkt der lehrer jetzt, an der offenen u-bahntür, neue linie, voller

kommt also ins schweigen, setzt immer wieder an. wie würde das klingen: von zuhause weg, kind anderswo, halbes jahr auf einem hochhausdach, jetzt bwl und striptease. was sagt das aus? die fuchsmaskenfrau, verkäuferin, ein jahr jünger oder so, wartet mehrere atemzüge. zuckt mit den schultern dann, und gießt tee nach.

der waggon, geräuschpegel ganz oben. ist überhaupt kein problem für den, in den anderen weibern die mutter zu suchen. muss da nichts vor sich selbst oder denen verbergen. die mutter, die er hatte: ein foto, mit einem schönen mädchen drauf.

„also, ob es dir egal ist oder nicht, ich weiß jetzt erstens: wo sie gewohnt hat, damals." – „und?" – schwappte konzentriertheit, läutete die pausenglocke. nichts egal. „also die wohnt da nicht mehr. aber ich weiß noch was." griff der junge da nach seinen zigaretten, unwillkürlich, ausnahmsweise filterzigaretten und nicht tabak. war verräterisch heftig die bewegung, der bemerkte das, hielt inne. wind im haar und drehte den kopf in die pose. „ich weiß, wo sie das halbe jahr davor war. du weißt noch?" – „hm?" hatte der junge sich tatsächlich beinah ausgeklinkt aus dem gespräch, beim zigarettenanzünden. „du weißt das noch, mit dem halben jahr? das es gedauert hat, bis die sich bei euch abgemeldet hat? hast du mir erzählt!" – „ja. ja!" – „na dann. das weiß ich jetzt, was da war. da fahre ich heute nachmittag hin. kommst du mit?" und das sah der lehrer, viel zu deutlich, dieses zögern, bloß provokant, bloße status-neuverhandlung, warum auch immer. dann, paar takte später, ohne weitere fragen, „klar. wann willst du los?" – „wie lange hast du noch schule?" – „zwei stunden." – „na dann. bin dann wieder hier." und verbrachte die zwei stunden in dem wettbüro, tatsächlich in gesellschaft des alten, des hausbesitzers, des wettverlierers, und hörte sich dessen version an, ließ den das rechtfertigen, dass er

da sitzen sie dann in der gemeindewohnung, und alles ist seltsam. das mädchen, das mal mutter war, muss schweigen. kann die frage nicht beantworten, was sie denn für eine sei. auch plötzlich augenfällig, wie über sowas nie geredet worden ist in den kneipen, zwischen ihnen. sie haben die typen rundherum abgeschätzt. nicht einander.

wirklich und wahrhaftig seine wohnungen verschenkt, wegen einer wette. dass der, und sagte das so, große stücke auf den jungen hielte. erzählte der lehrer das dem jungen nicht weiter. war dem lehrer ab da nur noch monströs, das spiel der beiden.

und hat der junge seitdem nichts mehr zur sache von sich gegeben, bis eben vorhin. hat statt dessen den lehrer auf dem weg zur u-bahn nach seinen meinungen gefragt, zu anderen lehrern. hat der lehrer keine. ist ihm egal, was da abgeht, sobald er draußen ist aus dem gebäude. also nicht bloß als attitüde, um über die runden zu kommen. ist ihm wirklich egal. dementsprechend seine antworten, und der junge hält das gespräch dennoch aufrecht. stehen sie sich gegenüber, in der wärme des waggons, vielgestaltig der groove des schienennetzes in den körpern, surfer-haltung der junge, breitbein der lehrer, und gemurmel, gemurmel.

entsteht druck im hinterkopf des lehrers. sowas wie fremdheit im raum, wie fahrigkeit. würde der junge das schweigen jetzt brechen, er würde dem lehrer anzumerken meinen, dass da was nicht stimmt. beugt sich der lehrer also rüber. „sam." – „hm?" – „du wolltest gar nicht wissen, woher ich das weiß, wo sie gewesen ist, das erste halbe jahr." – der junge am abwägen und gewicht verlagern. „naja. wirst du mir sagen, wenn wir dort sind, nehme ich an." stört ihn nicht. zuckt mit den schultern. und von selber kann der lehrer nicht davon beginnen, wie das war.

---

nicht, dass sie beschließen, aufzuhören. es ereignet sich nur nichts mehr, das ihre gewalt wert wäre. nicht um sie herum. werden vorsichtiger, ja, auch. treffen sich aber noch, und nehmen das schwere gerät noch immer mit, wenn sie sich treffen. in sporttaschen. irgendwann schlägt die fuchsmaskenfrau vor: mal was anderes. nachmittagstee, bei ihr?

wie er, zettel mit adresse immer in der hand, nie in der tasche, aus dem amtsgebäude und durch die stadt gelaufen war. vorgebeugt, schnell atmend, ganz konzentriert, der reine fluchttrieb. durch altbaugassen, kopfsteinpflaster, alles vor ein paar jahren renoviert, mit neuen fenstern. wie er ein zweites mal auf den zettel schauen musste, als er auf der stiege des betreffenden hauses angelangt war. die türnummer nämlich. und wie er vor einer weißen tür, auf steinstufen, rast einlegte. früher nachmittag, essensgerüche, klapperndes geschirr von überall im haus. dass er da wartete, ohne geklopft zu haben. das müsste er berichten, und lässts schön bleiben. viel zu abgebrüht, der junge, oder viel zu blöd. betrachtet der das hier als schnitzeljagd, vielleicht. schon wieder die erinnerung an die pädagogik-tante aus dem studium da, von wegen ‚triebökonomie', mit langgezogenem ‚ie', ‚triebökonomie des jungen menschen'.

an der nächsten station steigt jemand ein, den der junge kennt. ein mädchen, etwa im alter des jungen, dicklich, hübsch, ein wenig verwahrlost. lächelt breit, als sie ihn entdeckt. vorbehaltlos, denkt der lehrer, und beobachtet die hochgebundenen dreads des jungen, wie die wippen, als der dem mädchen zunickt. freundlich, wieder mit dieser bemühten entspanntheit, dieser gepresst tiefen stimme, lässt seine zähne scharf und weiß aussehen, in diesem licht, sein lächeln. wechseln ein paar worte, vergangene zusammenkünfte, parties, wer war schön und wer war peinlich, merkt

sie ist immer weniger zuhause. bei der fuchsmaskenfrau übernachtet sie jetzt immer öfter. sie misst dem keine bedeutung bei.

sich der lehrer die kriterien, die die beiden für letzteres haben, oder versucht es, hat die schon wieder vergessen, als die kleine aussteigt. fällt ihm kurz auf, dass der junge ihn selbst weder vorgestellt noch erwähnt hat. dann fällt ihm auf, wie sehr das natürlich ist. und dass er sich dem jungen ohnehin unverwandt fühlt, im gedanken an das gespräch, das er geführt hat mit dem kerl in dieser wohnung, in der die mutter des jungen gemeldet war, ein halbes jahr nach ihrem verschwinden.

der kerl war teuer und nachlässig gekleidet gewesen, verschwitzt, hatte staubige hände. das passte nicht zusammen, der zustand des mannes und der zustand seiner kleidung, als der die treppe raufkam und den lehrer, wie der auf der stiege saß, schweigend musterte. beim aufsperren dieser weißen tür mit der nummer neun. natürlich passte das in wirklichkeit doch zusammen, auf den zweiten blick, und wie, gut bezahlte und zumindest teilweise körperliche arbeit, ging dem lehrer das auf, erhob er sich. der kerl schon abgewandt, schon ein fuß in der wohnung. bezog die anwesenheit des lehrers nicht auf sich. der musste sich räuspern, zweimal, und „entschuldigen sie!“ nachschieben, dass der mann sich wieder umdrehte, den inneren türknauf in der hand, bereit, die tür zu schließen. vorsichtig. langes gesicht, große augen, kaum augenbrauen, kaum lippen, breites kinn. sandfarbene haare, aber das vielleicht auch bloß der staub, wie auf den händen. „ja?“ – „vielleicht können sie mir helfen.“ unsicher, etwas verlegen

---

fünf oder sechs ihrer überfälle, die es in die zeitung geschafft haben. vielleicht ein zwei mehr, die zur anzeige gekommen sind. die anderen waren ohnehin geplänkel, nur paar blaue flecken.

der lehrer, und noch immer, allen ernstes, außer atem von vorhin. schlechte kondition. wurde nun nochmal gemustert. auf anzeichen dafür, dass er geld wollen könnte, oder was in der art. wartete das geduldig ab, bis der andere in der tür die haltung änderte und dem lehrer fragend und niederschwellig aggressiv in die augen schaute. „die sache ist die, dass ich jemanden suche, der hier mal gewohnt hat …“ – „und wie kann ich ihnen dabei helfen?“ – „diese adresse ist das letzte, was ich noch habe. vielleicht kennen sie die person ja?“ – „sind sie polizei oder so?“ – darauf wäre der lehrer selbst nie gekommen. schmunzelte, oder schnaubte verwirrt und hoffte, dass es nach schmunzeln aussah. „nein.“ – „also. ich hatte einen langen tag. und ich glaube eher nicht, dass ich ihnen helfen kann, aber fragen sie mal.“ – und nannte dem typen in der tür den namen dieser frau, die, damals vielleicht zwanzig, in der wohnung hinter seiner tür gemeldet gewesen war, für ein paar jahre. beschreibt sie. vielleicht ja, dass er, der typ da, sie kennengelernt hat, als er eingezogen war? das änderte dann was. der name. der rest der rede rauschte durch den gang und war nur noch formsache. hatte der kerl schon die tür weit aufgemacht, und unterbrach den lehrer. „ich muss jetzt erstmal duschen. ich hoffe doch, sie haben soviel zeit? gut. kommen sie rein, nehmen sie platz. bier ist im kühlschrank. oder o-saft, falls sie lieber sowas wollen.“

nach der begegnung mit dem mädchen, nachdem er den lehrer verschwiegen und ignoriert hat, ist der junge zu kompensation

wird es frühling darüber. mit prüfungen, und tagsüber weniger kundschaft in dem stripclub. abends, während ihrer lokalrunden, brauchen sie seltener ihre masken. vielleicht ändert sich was in der art, wie sie beobachten. sind mehr mit einander beschäftigt. und inzwischen auch die vorsicht, oder panik, ständig in ihren hinterköpfen.

aufgelegt. fängt wieder mit der wette an, die der lehrer belauscht hat. kommt zu keinem ende. gehört schon dem marktgesetz mit haut und haar, dieses denken. dieses magische ‚als-ob‘. „plötzlich, als ob das was anderes als nur rumhängen gewesen wäre, in diesem wettcafé. als hätte ich nicht bloß nix zu tun gehabt, verstehst du? als ob ich von anfang an gezielt gehandelt hätte.“ jetzt könnte der lehrer den jungen vielleicht fragen, was er eigentlich dagegen hat, wenn einer sinnlos geld anhäuft und dann doch ein paar jahre später einsam stirbt. müsste aber ein streitgespräch werden, sowas, und denkt der lehrer an diesen kollegen, der deutsch unterrichtet, auch in der klasse des jungen. denkt daran, wie stolz der war: hat sich gebrüstet wegen einer abiturientenklasse, „und die haben alle argumentieren gelernt inzwischen. da kann gar nichts mehr schief gehen. ausgewogenheit, verstehen sie, frau kollegin, ausgewogenheit. das liegt auch an der wahl der themen. da muss man sehr vorsichtig sein heutzutage.“ sowas. hat der lehrer also die wahl jetzt: will er solche scholastik anzetteln, ausgewogene themenfindung, da wären sie schon gewesen, oder will er den jungen ins leere laufen lassen. was drittes geht hier nicht. wählt er die leere, in der er sich jetzt auch schon sieht, die leere, die entsteht, wenn er an früher denkt, nein, auch an jetzt, die ist da, seit sie die u-bahn-linie gewechselt haben. und nickt nochmal, bloß nicht übertrieben unfreundlich, dazu zwingt er sich. „aus dem da wird noch was“, hat der alte in dem café gesagt. „der glaubt an sich.

sie schläft inzwischen mit dem techniker. erst da fragt sie ihn mal, was sein beruf genau ist. erhält zur antwort ‚sprengmeister im steinbruch‘. das versteht sie, da fragt sie nicht weiter. manchmal spricht der sie drauf an, was sie da tut, mit dieser anderen. inzwischen missfällt ihm das. er würde im fall des falles, sagt er, die bullen nicht anlügen.

mittlerweile zumindest." das, denkt der lehrer jetzt und schaut sich um im waggon, werden dann die allerschlimmsten.

und was ihm der typ in der wohnung zu sagen hatte. und in welcher stimmung, gegen welchen raum hin. war mal ein weites, völlig weißes zimmer gewesen, in dem sie da saßen. inzwischen vollgestellt mit kisten, regalen, hässlichem plastikscheiß auch, inhomogen das ganze, und dahinter noch die ursprüngliche idee zu sehen, die klaren linien von einbaumöbeln und designerstücken. die konnte der lehrer benennen, alle, berufskrankheit, fast dass er sich dafür geschämt hätte. sein gegenüber in einem giftiggrünen schalensessel. bier in der hand, enges t-shirt, warmer wickelrock. hatte auch musik angemacht. radio, von der sorte für gebildete. gelegentlich lächerliche ansagerstimme, theater-fake eines nachrichtensprechers am verkünden von aufnahmejahren, ensembles, solisten, zwischen den stücken, also: lächerlich in diesem kontext zumindest, dachte der lehrer, anderswo kann man das ja hören, ohne zu grinsen. ob das der raum machte, wie er war, oder der raum, wie er gewesen war, irgendwann früher? egal. und was sein gegenüber zu erzählen hatte. womit er begann. „sind sie erich?" – „nein. ich bin nicht erich." und da war sie wieder, die unorientiertheit. die drohende weite der räume, aus denen sich die welt des lehrers zusammensetzte, seit diese suche begonnen hatte.

ab da läuft das folgendermaßen: ein/zweimal die woche gehen sie gemeinsam aus. mäntel, masken, baseballschläger, stahlrohr stellen sie in büschen nahe dem lokal ab, wo sie hingehen. da trinken sie bier und beobachten. manchmal wird ihre hilfe nicht benötigt, manchmal schon. insgesamt so zehn mal. über den winter hin werden sie gut darin.

schließlich steigen sie aus aus der u-bahn. getrampel von jugendlichen, etliches jünger als der begleiter des lehrers, kommen von weiter unten am bahnsteig, passieren die beiden. aufgekratzt, auf dem weg zu einer veranstaltung vielleicht, verzieht der lehrer das gesicht: widerstandslose masse, manövriergewicht, diese jungen. gefällt ihm nicht, und noch weniger, wenn die das gefühl vor sich her schieben, was sie tun, sei, wofür sie sich selber entschieden haben. auch ein jovialer betrunkener, auf einer bank, bezieht was von dem gebrabbel auf sich und antwortet denen, wird ausgelacht, das kapiert er nicht, das freut ihn auch noch. dann gehen der lehrer und der junge los, langsamer, ganz gezielt langsamer, die station ist dem jungen unbekannt, hier war er noch nicht, da hatte er nie was zu suchen. die rolltreppe rauf, kälter der wind hier, ein wenig, zieht der junge seine jacke zu, stopft umständlich die hände in seine taschen. steht der lehrer da und orientiert sich. die beschreibung, die er von diesem typen bekommen hat, in der früheren wohnung der mutter dieses jungen, war gut. aber wenn da ein weiter platz ist, jede straße gut einige hundert meter entfernt, dann muss dieses „erst einmal links halten", also das, wie man sich das vorgestellt hat, das muss dann mal transponiert werden in eine andere größenordnung. orientiert sich, und schnuppert. vage ein nebengeruch im wind, nach chemischer industrie. und der blick des jungen. erwartungsvoll, irgendwie, und ohne jede unschuld. also gar nicht mal bemüht cool jetzt, bloß so cool. in der art von ‚und jetzt zeigs mir mal!'

die mit der skimaske hat der anderen die idee gegeben. der filialleiter sei ein schwein gewesen. genauer will die erste das nicht wissen. sie reden hastig, weil es schon kalt ist. sie haben da was begonnen, das ist ausbaufähig. wollen sie das? – na klar wollen sie das. einigen sich auf eine methode, und schlendern dann durch einen adventmarkt.

nein, der lehrer war nicht erich, und der lehrer hielt seine frage zurück, was den kerl da, in der weißen weite einer vollgestellten großraumwohnung, zu der annahme führte. wiederholte sich nur nachdrücklich: „nicht erich.“ aber mit erich hatte der kerl gerechnet, nachdem geklärt war, dass er kein polizeibeamter war. dass da nicht erich saß, das brachte ihn aus dem konzept. also führte der lehrer das weiter aus, und nannte seinen namen, und erklärte dann: „ich kenne erichs sohn. und hab mal seine mutter flüchtig kennengelernt, früher, bevor sie hier war. sie waren da auch schon hier?“ – „ich wohne hier schon lange.“ – beugt sich vor, der kerl, ellenbogen auf knie, die bierflasche in beiden händen, in der mitte zwischen kopf und boden. blickkontakt. „die, die sie suchen, die ist bei mir eingezogen, wann war das? – dreiundneunzig, vierundneunzig, oder so. erichs sohn – das ist auch ihr sohn, oder? das ist der sohn, von dem sie mir erzählt hat?“ – „ja.“ – „gut. dann weiß ich jetzt nicht, ob das eine gute idee ist, weiterzuerzählen. sie wissen nichts, oder?“ – „wie, nichts?“ – „was da los war, mit ihr, in der zeit?“ – „was sollte ich denn wissen?“ – „na legen sie mal los. noch saft? oder doch bier?“ – „lassen sie. was ich weiß, ist folgendes: vor achtzehn jahren lerne ich, zusammen mit erich, ein mädchen kennen. ja? und wir haben was miteinander. dann – „ – „ah. sie sind der helle von den beiden.“ – „was? verstehe ich nicht.“ – „hat sie mir so erzählt. dass der erich ‚die eine hälfte‘ gewesen ist. zwei männer – ein dunkler und ein heller. ‚perfekte gegenstücke‘, hat sie gesagt, ‚wie im traum‘. und der eine wäre gegangen. der helle.

einen zusammenhang mit den anderen beiden überfällen der letzten tage schließt die polizei nicht aus, obwohl die täterbeschreibung in dem jüngsten fall stark abweicht. da geht die stripperin, studentin, schlägerin in diesen supermarkt. trifft, die sie sucht. gibt sich zu erkennen. vorsichtig, aber: man muss reden. auf einer parkbank, nach feierabend.

sie.“ – „wow.“ blickkontakt noch immer, zeitlupengefühl, geschieht ganz langsam, was geschieht. „sie und erich und die kleine also. weiter!“ – „gut. also ich bin gegangen und hab sie ziemlich vergessen. und vor ein paar tagen entdecke ich, dass ich in der schule einen jungen habe, von dem sie die mutter ist. und dass sie weg ist, als er drei jahre alt war. dann, dass der vater dieses jungen eben erich ist. dann gehe ich nachschauen aufs meldeamt und finde diese adresse hier. und ich weiß außerdem noch, dass sie aus irgendeinem grund im frühling verschwunden ist, damals, dreiundneunzig, aber sich erst im november hier gemeldet hat.“ kippt der kerl einen tiefen schluck, schiebt der lehrer noch nach: „ja. das wars. soweit mein wissensstand.“

jetzt weiß der lehrer, wo es lang geht. jetzt setzen sie sich in bewegung. jetzt waten sie durch kunsteisnebel, der aus einem umzäunten areal über den platz schwappt. jetzt kommt dieses hochhaus in sicht, zu dem der kerl in der wohnung ihn geschickt hat, leer, eingezwängt zwischen neueren objekten und straßenausbaustufen. jetzt bedeutet der lehrer dem jungen, wo der eingang zu suchen sein wird. jetzt nickt der junge zufrieden im gehen, als ob das alles in irgendeiner weise sinn ergeben würde.

der kerl in der wohnung musste erstmal nachdenken. hätte gesagt werden können, dass er sich sammle. nicht vorbereitet auf besuch, tagesrhythmus aus den fugen, das nebenbei, das merkte

paar tage später, in der zeitung, sieht sie das foto von der zeugin. eine unbekannte mit fuchsmaske aus plastik und stahlrohr hat einen herrn filialleiter auf dem nachhauseweg aufgemischt. der ist im krankenhaus. sie war das nicht. ihre zeugin kann der presse nur sagen, dass er immer nett zu den angestellten war.

der lehrer erst da. als der blickkontakt brach. hat den kerl gar nicht gefragt, was das für ein job ist, den der hat. handwerk, jedenfalls, aber der gedanke vermittelte keine sicherheit, machte keine story deutlich, in verbindung mit dieser wohnung da, und dieser haltung, die der kerl in ihr einnahm. der war dabei, irgendwas abzuwägen. dann, aufgerafft, angespannte nackenmuskeln. das, was kam, kam mühsam: „sie behalten das jetzt für sich. klar?“ – „klar.“ – und nochmal, so, dass unverfälschte unruhe unter seiner strammen haltung sichtbar wurde: „es ist nur so, dass ich mir echt was einfallen lassen müsste, wenn sie mich mit dieser geschichte in eine blöde situation bringen ...“ die leichte unsicherheit bei der wortwahl widerlegte die angedeutete drohung des satzes, aber der lehrer ließ es auf sich beruhen. etwas unterzuckert, und voll konzentriert, ab da. „im sommer dreiundneunzig damals, da haben mich ein paar bekannte, also so leute von der uni, mal mitgenommen zu ihr. dass die ihr mädchen da kannten, war zufall. also die saß damals den ganzen sommer über auf dem dach von so einem leeren hochhaus, gibt es heute noch, kennen sie sicher, da ...“, und musste der lehrer eine geste machen, verstand der aber gleich und fuhr fort: „also saß die einen ganzen sommer lang auf diesem dach, die hatten sie zufällig kennengelernt, nach einer party waren die da rauf, noch was trinken und so, zu dritt oder zu viert, weil die party war in der nähe gewesen, gute aussicht genießen und so, und da oben hatte sie ihr lager aufgeschlagen. auf acid gewesen, wissen sie? als die da raufgestiegen sind, ist

---

sieht sie vom fenster aus, dass sie dem helfen kann. maskiert, sich läuft runter, schlägt zu. dann wieder tritte. bringt ihn dazu, sich zu entschuldigen. den zahn, den der da verliert, denkt sie, den kann er sich aufheben als erinnerung an die lektion. dann, dass es jetzt eine zeugin gibt. man redet kurz. die ist verkäuferin. hat nichts gesehen.

sie gerade vom trip langsam runtergekommen. ‚vollkommen magischer moment' hat die eine von denen dazu gesagt später, die, die ich damals besser gekannt hab. die haben sie danach öfter besucht diesen sommer. war irgendwas mit ihr. fragte niemand. die ging nie runter. die haben ihr ein zelt gebracht, und immer wieder essen. dass sich keiner erklären konnte, was mit der so genau los war, das hat das nur noch stärker gemacht, das ‚magische'. das geheimnis. machte aber natürlich die runde. waren am end so ungefähr zehn, fünfzehn leute, die von ihr da oben wussten und sie hin und wieder besuchen kamen. war ihr alles in allem recht egal. also schon, dass sie sehr freundlich war zu allen, und dass sie sich in dieser rolle, die die ihr gegeben hatten, prächtig wohlgefühlt hat. das wohl. aber hat wirklich nichts selber dazugetan. war einfach sie selbst, das heißt, war ziemlich kurz angebunden und mit sich selbst beschäftigt. ja. und sexy, das auch. haben natürlich alle, auch die mädchen, mal probiert bei ihr. haben wir aber noch nie drüber geredet, untereinander, später nicht, damals schon gar nicht. also ich zumindest hab damals nichts mit ihr gehabt … das war weniger sie selbst, wegen der das die runde gemacht hat, glaube ich. war mehr die absurdität, dass da oben wer in einem zelt sitzt und sich essen bringen lässt und nachdenkt. oder vielleicht wars sowas wie verantwortungsgefühl …" musste der lehrer da wieder die geste machen, weiter, weiter, diesmal dauerte es, bis die verstanden wurde. da hielt der kerl inne. neuorientierung. „ja. und im herbst dann, da war ich zufällig dabei, ich und noch

auch hätte sie nicht gedacht, dass sie das wiederholen würde. aber da ist diese szene, vor einer kneipe nah der wohnung. ein typ, der das wort ‚nein', nicht versteht, und der seine begleiterin gegen die mauer drückt. der in entschieden ekelhafter weise seine zunge an ihre wange presst. der zu betrunken ist, da ein problem zu sehen.

wer, waren wir oben gewesen den ganzen tag und hatten rumgeblödelt, sie war ja manchmal wie ein kleines kind, wissen sie? also im herbst dreiundneunzig, da hat sie gesagt, sie will jetzt runter, ob wir was wüssten, wo sie wohnen kann, und ich hab gesagt, erstmal zu mir, wenn sie will, und da ist sie dann eingezogen. ein paar wochen später so richtig offiziell.“

was der junge alles nicht weiß, denkt der lehrer. aus dem leben der eigenen mutter. so blöd und glatt und schön und passiv wie all die anderen auch. lässt sich hierhertreiben, fragt nichts, heuchelt mit mühe und not ein wenig interesse, hat dabei einfach nichts besseres zu tun. oder so sieht es aus. oder was soll der schon hier wollen? aber auch: was der lehrer selbst alles nicht weiß. zum beispiel von der früheren geliebten. dass es unmöglich ist, alles zu wissen, was ein anderer weiß. dass er erst diesen jungen braucht, nach siebzehn, achtzehn jahren, den er hierhertreiben kann, um sich aufzuraffen, sich so richtig zu erinnern. hierher: das heißt, an eine staubige durchzugsstraße, auf die falsche straßenseite, in den lärm.

„da hat sie dann gewohnt. hat betriebswirtschaft studiert. und zum geldverdienen gestrippt. hat mir von erich erzählt, auch, dass sie einen jungen hat, und dass es besser so ist, wenn sie nicht dort aufkreuzt. hab nie weiter gefragt.“ und jetzt, dachte der lehrer, müsste es kommen. sein gegenüber suchte nach worten. verhed-

---

klar bekommt das der techniker mit, bei dem sie jetzt auch ganz offiziell wohnt, mit meldeschein und allem. liest ihr eine zeitungsnotiz über den überfall vor, betrachtet den baseballschläger, der in ihrer schlafnische lehnt, betrachtet sie, sagt nichts. aber nickt nicht unfreundlich dabei.

derte sich offenbar, brachte nichts mehr raus. da war was, das war wichtig. helfend eingreifen, dachte der lehrer, zückte ein notizbuch und einen stift, möglichst geräuschvoll, fragte nach der adresse des hochhauses, kriegte die prompt gesagt, kritzelte. kannte er tatsächlich. hatte der kerl recht gehabt. forschte, ob noch mehr ablenkung nötig sein würde. sowas wie die frage nach dem beruf des sandblonden: mit leuten von der uni unterwegs gewesen damals? aber er hat doch nicht selbst studiert, oder? oder doch? wurde aber nicht nötig, so rumzufragen, der wusste schon wieder, wie weiter. jetzt, dachte der lehrer, und jetzt, und jetzt. bekam hunger, nebenbei.

„naja. dann hat sie, wissen sie, scherereien gehabt. ich weiß nicht genau, was da abgegangen ist, wollte das auch gar nicht wissen. aber: beim ersten mal, das hab ich genau mitgekriegt. da war ein professor von ihr, der war auch gast in dem stripschuppen, wo sie gearbeitet hat. und der ist auf der uni übergriffig geworden. das hat sie erzählt. und zwei tage später liegt dieser typ, dieser professor, im krankenhaus, schwer verletzt, zusammengeschlagen von unbekannt, skimaske, langer mantel, baseballschläger. und baseballschläger, das hab ich mitgekriegt, hat sie sich einen gekauft. ist danach ein paarmal losgezogen, mitten in der nacht, über den winter.“ machte der lehrer ein zustimmendes geräusch, bloß nicht aus dem erzählfluss werfen den typen, und erklärte der, zwischen den letzten beiden schlucken bier, „wir hatten zu der zeit übrigens

dass das nicht mehr zorn ist, denkt sie, als sie verschwindet und von anderswo die rettung ruft. das ist ein lehrauftrag. das arme schwein von übergriffigem professor hat einfach nicht gewusst, dass es das gibt: gewalt auf augenhöhe. one-on-one. jetzt weiß er das. natürlich macht sie sich da was vor, und das denkt sie da auch.

was, so ab einzwei wochen, nachdem sie eingezogen ist." und diesen teil wollte der lehrer da gar nicht mehr wissen, aber er dachte an den alten in dem wettbüro, und an tauschgeschäfte, bei denen substanzielles für nebensächliches gehandelt wird, und wusste dabei gar nicht, welche der tauschwaren in diesem fall welche gewesen wäre. ihre spiegelaugen, erinnerte er sich, und nickte, und der sandblonde mit dem ungeklärten beruf fuhr fort: „naja, und in den zeitungen war zu der zeit von ‚ungeklärten übergriffen durch vermummte' die rede." lieferte aber dann nur noch halbsätze. er habe ihr erklärt, dass er eins und eins zusammenzählen könne. dass er natürlich nicht zur polizei gehen werde. aber dass das aufhören müsse. nein, er habe nicht nach gründen gefragt. „wohl alles solche fälle wie der erste. arschlöcher. ist ja egal, oder? geht ja nicht darum, ob sie berechtigt sauer war." genau darum würde es gehen, dachte der lehrer. hätte einen streit geben können, an dieser stelle des gesprächs. wenn der kerl in seiner weißen, vollgeräumten wohnung da nicht geendet hätte. mit dem hinweis, ab sommer, oder nein, ab herbst-winter vierundneunzig sei sie immer seltener bei ihm gewesen. sagte nicht ‚heimgekommen', sagte ‚dagewesen'. habe irgendwann noch später, fünfundneunzig wohl, ihr zeug geholt, eine zigarette mit ihm geraucht, ihn gebeten, in seiner wohnung gemeldet bleiben zu dürfen, eine zeitlang, und nein, habe ihm nicht gesagt, wohin sie gehen würde oder schon gegangen sei, freundlich den kopf dabei schüttelnd, und ja, er habe sie ein paar mal wiedergetroffen, in den folgenden zweidrei

sie weiß, zu welcher tür hinaus und wann der heimgeht. da ist ein kleiner park gegenüber. dort wartet sie. im ersten abendfrost des jahres. dann kommt der. sie drischt ansatzlos in seine kniekehlen, dass der zusammenklappt. dann ein paar tritte, bis irgendwas bricht. der professor ohne die geringste abwehrgeste.

monaten, wenn er in gesellschaft dieser anderen abends unterwegs gewesen sei. es sei das nie mehr gewesen als ein flüchtiges grüßen. es habe ihn nicht gestört, sagte der typ dem lehrer, und sein tonfall strafte die aussage lügen. sprang da unvermittelt auf, der kerl, und kramte rum in einem niedrigen weißen kasten, hinter dem lehrer, an der wand, auf dem sich bücher türmten. fand was, gab das seinem gast. eine art album. der gesichtsausdruck des sandblonden nicht länger definierbar, als er sich wieder in den sessel sinken ließ. stumpfheit, dachte der lehrer, und die kam vom bier. blätterte. da waren die zeitungsartikel, von denen der kerl geredet hatte. auch ein foto von ihr, und ein zweites, von einer party, oder sowas ähnlichem, aufgenommen hier, in diesem raum. jetzt kindlich, die stumpfheit seines gegenüber. als würde das dossier da mehr über ihn verraten als über dieses mädchen, das da bei ihm gewohnt hat. als werde ihm das jetzt gerade klar. die mappe durfte sich der lehrer borgen. dann ging er. es war später nachmittag geworden.

träumt in der nacht, was zu tun ist, so ungefähr. das setzt sie am morgen um. geht vormittags und kauft sich einen schwarzen mantel und eine skimaske und einen baseballschläger. besucht nachmittags eine vorlesung und prügelt abends die scheiße aus dem lehrbeauftragten für wirtschaftsmathematik.

da ist nämlich so ein junge bei dem techniker zu gast. dem gefällt sie. der nähert sich ihr, und das lässt sie gerne zu. aber als sie ihn küsst, packt er zu, hart, unwillkürlich. da wird ihr der kuss zum biss, und mit der freien hand gibt sie dem eine ohrfeige.

6 treppenhäuser, hochhausdach

sie irren durch das leere hochhaus, während langsam das licht von draußen schwindet. korridore, auf denen schutt rumliegt, sackgassen, treppen nach oben, die vor verschlossenen brandschutztüren enden. vage anzeichen für die gegenwart des einen oder anderen penners. einstieg durch ein zerbrochenes fenster an der rückseite, im ersten stock, zu erreichen über einen container, dann ein paar schritte auf einem breiten sims. irren rum, reden nicht, der junge schon wieder mit einer neuen zigarette, rauch und staub, ganz eigenes gemisch, reizt die nase des lehrers, und fühlt sich der plötzlich dem jungen unterlegen.

hat nach ungefähr zwanzig stockwerken ausgesehen von draußen. hat der lehrer nicht gezählt. jetzt jedenfalls sind sie im sechsten, und probieren treppenschacht um treppenschacht. stolpern gelegentlich, und dann flucht der lehrer, zieht der junge heftiger, grinst angesichts der unbeholfenheit des älteren und versteckt das grinsen schlecht hinterm rauch, den er ausstößt. ihre hände sind dreckig geworden, und ihre schuhe, auch die hosenbeine des

das gefühl der hilflosigkeit geilt sie auf, und dass sie das aufgeilt, macht sie zornig. wie früher. das erzählt sie dem techniker. muss sie erzählen, noch am selben abend. weil sie scheiße baut, aus diesem zorn der bedrohtheit heraus, und befremden auslöst.

lehrers. entfernen sich voneinander, nähern sich wieder, deuten in korridore. diesem kettenraucher-sam da macht das spaß, denkt der lehrer. stets zuviel, und zuviel von allem. jetzt, gerade eben, rohe energie. sonst schweigsamkeit, vertrauen auf diese oder jene pose, oder selbstvergessenes gerede. blitzt auch sowas auf wie ‚dass der noch genug kind in sich hat', dieser junge, ‚genug kind', um hiervon faziniert zu sein. weist die pädagogen-scheiße gewaltsam von sich, der lehrer. ist selber fasziniert, wahrscheinlich sogar mehr als der junge, bloß kraftloser, blöde, alt. folgt jetzt dem jungen, und klettert durch den rahmen einer stahltür, die schief auf dem absatz liegt.

die art, wie die geräusche gefiltert werden vom gebäude, ändert sich von stock zu stock. anfangs verstärkung, streckung, resonanz. scheiben klirren. die kammern an den korridoren sind druckkammern. da spüren sie manches, wenn sie handläufe und wände berühren. da pflanzt sich manches fort als vibration. der lärm der industriezulieferer, das aufheulen, an der ampel vorn, des individualverkehrs. auch worte. geschrei, gelegentlich. unnatürlich, denkt der lehrer. das haus als abhörposten. war wohl nicht so, als das in benutzung war. denkt der junge auch, in dem moment, sagt was in der art. von teppichen, intakten fenstern, ungestörten menschen an der arbeit. nickt der lehrer. steigen sie weiter hoch. da filtert das haus mehr, und verzerrt die bässe und die stimmen. das heulen unverändert. hinzu, von weiter weg, tritt der sound von

---

der benimmt sich daneben, in einer weise, für die er im club lokalverbot bekäme. zerrt an ihr, und versaut sich die anzughose bloß durch das bisschen gezerre. geht schnell, kaum zwei minuten. sie muss sich wehren und „bitte" sagen zugleich.

metall auf metall. die mauern selbst schwingen hier kaum noch mit, die luft liegt ruhig in den räumen, drückt nicht mehr gegens trommelfell. noch weiter oben, als würden die metallgeräusche höher. als trete das heulen von den ampeln, jetzt mehrstimmig, zurück gegen die geräusche, die der junge und der lehrer selber machen: scharren, klopfen, schnelle schritte, heftiges atmen im stehen. wieder scharren. schließlich, unterm dach dann, haben sie alle vier hände für einen moment zugleich am zentralen aufzugschacht des hauses, dort, wo er endet. befühlt der lehrer den beton, und der junge rüttelt an der doppeltür. mit kleinem motor oben drauf, der schachtabschluss, long since passed das hier, und da spüren sie das vibrieren wieder, ein lastwagen, und dann noch was anderes. ein umspannwerk, anderswo, möglicherweise. was sich mutmaßen lässt, über die natur der stadt rundherum, für diesen einen moment.

dann suchen sie den aufstieg aufs dach. dies hier heroben eine weite halle, pfeiler und drei gemauerte schächte, ein paar alte schreibtische und sessel. der speicher, aber nicht mal richtig staub. lichtluken, zu weit über ihnen, um sie aufzukriegen und rauszuklettern. die fenster auch kleiner als unten, und einige weder intakt noch vernagelt. so zieht es. tritt der junge ans loch und schaut runter, schließen sich die hände des jungen ums holz des rahmens. der lehrer denkt an filme. heldenhafte pose, die mitte eines vorletzten akts. der blick hin über alles von bedeutung. da-

das bringt dann alles durcheinander, mitte november: dass die lebenssphären sich vermischen. will heißen: professor gnom wird übergriffig. sprechstunde. versperrt die tür hinter ihr und will einen lapdance für die ordnungsgemäße erledigung eines verwaltungsaktes. da spielt sie mit, denn das kann sie noch.

rüber lacht er, und das schreckt den jungen. gehen sie, in einiger entfernung von einander, von einem der schächte zum nächsten.

der dritte schacht, „natürlich erst der dritte“, sagt der junge da, ist der richtige. lässt sich die tür öffnen, und führt da eine treppe schmal und hölzern hoch. der lehrer geht voraus und bemerkt, mit der hand an der klinke oben, morsche brettertür, dass er geschwiegen hat, seit sie das haus betreten haben. kommt ihm jetzt vor wie eine lange zeit. spürt seinen atem in der kehle als was fremdes. klickt hinter ihm das feuerzeug des jungen. räuspert er sich, und drückt die tür auf.

dann sind sie oben, und das tageslicht ist weg, oder so gut wie. die ersten schritte, noch sieht man ausreichend gut. knirscht die dachpappe unter den schritten, und ‚aufstieg in die nacht vollbracht‘, denkt der lehrer, und das reimt sich so schlecht und recht, das reimt sich alles so irgendwie, weder glatt noch gar nicht, sondern irgendwie, alles irgendwie, seit tagen, diese ganze geschichte, das denkt er da auch noch, und dann hört er auf, das zu denken.

dann der wind. das, was sie gespürt haben, mit den händen am schacht vorhin, ist der wind gewesen. der hat das gebäude in schwingung versetzt, die haben sie gespürt. da wurde der zustand des abhörpostens selbst zu dem, was belauscht werden muss. momente, in denen du über den dingen stehst und es nicht

---

da ist ein gnomischer kerl am pult, mit schildkrötenprofil, einführung in wirtschaftsmathematik. der ist auch kunde in dem stripclub, wo sie arbeitet und mehr als an der uni lernt. vom begriff der ware. wie gewinnmaximierung geht. das heißt dort: lapdance. den arsch knapp über anderer leute schenkel schieben. auch über den schenkel dieses gnoms.

mal merkst, denkt der lehrer sich, und murmelt „subjekt-objekt", und der junge, wenig beeindruckt, tritt vor an die straßenseitige brüstung. lehnt sich weiter vor, als der lehrer das könnte. wieder unterlegenheit, alter, hinfälligkeit. buchstabier das nur durch, dass du das dann auch glaubst. ganz pädagoge, ‚knabenführer', hat er diesen sam hier herauf gescheucht, ‚um ihm das zu zeigen'. wo seine mutter gewesen ist. ist unsinn natürlich, hat ihn bloß mitgeschleppt, um sich nicht selber absonderlich zu fühlen, allein und einiges über vierzig in einem leeren hochhaus. so aber gibts da eine rolle, die ihm einnehmbar erscheint.

der junge dreht sich um. „erzähl mal." bemüht um offenheit, sogar um freundlichkeit, vielleicht ein wenig verlegen auch, in einer weise, die sich leicht zeigen und leicht wieder zurücknehmen lässt. verlegen warum eigentlich?, denkt der lehrer, schnorrt sich, nur mit gesten, eine kippe, raucht, nickt dem jungen zu, dass dies schon die erzählung sei, erst einmal ohne worte, bildgeschichte, geht von der einen ecke zur anderen. da findet sich, im letzten licht: der überrest eines zeltes, morscher stoff, vom wind zerrauft, dann flaschen, aufgereiht, neueren datums, oben auf dem brüstungswall, eine davon voll mit zigarettenstummeln, außerdem vegetation, überraschend viel davon, sogar ein bäumchen, wächst von einer ecke aus ins bild, würde schatten werfen, wenn da noch sonne wäre. was wie ein erdhügel auf der dachpappenfläche, in einer ecke, und da wurzelt das grünzeug.

sie erlaubt sich, nicht mehr daran zu denken, was sie war: ein einziges mal, dass sie den hageren anruft, morgens um acht, als sie schlecht schläft. da geht niemand ran. damit ist das erledigt. wofür betriebswirtschaft? – sie will in ein paar jahren richtig geld verdienen. hat sie so eine diffuse vorstellung davon, wie das dann laufen kann. das reicht.

das ist was, das sich schlecht erzählt, diese vorstellung von ihr, in lebensroutinen verstrickt auf diesem dach, und die kippe ist zu ende. drückt sie aus, mit spitzen fingern, wird kühl hier. der junge erwartungsvoll, der übermut ist einer eigenartigen spannung gewichen, ‚wofür das ganze?'. weicht der lehrer diesem blick aus. sieht da ein buch in einer ecke liegen, von feuchtigkeit aufgequollen, mit verklebten seiten, titel nicht mehr zu entziffern, nicht mal mehr die umschlagfarbe deutlich. die vorstellung, dass das hier sechzehn, siebzehn jahre rumgelegen hat. muss nicht sein. und samuels erwartungshaltung jetzt beinahe überspannt. lehnt gerade noch an der brüstung. das ist auch die muskelspannung unter der kühle, die das so aussehen lässt, denkt der lehrer, aber beginnt jetzt trotzdem. holt diese mappe, ‚das dossier', aus seiner innentasche. hält sie dem jungen hin. auf distanz. gestreckte arme.

„also." räuspert sich. schulklassenangewohnheit. ganz leicht, dass er darüber erschrecken könnte. bannt das durch bewusstheit. „hat mich übrigens verwirrt, dass du nicht viel mehr fragen gestellt hast, vorhin auf dem schulhof, oder auf dem weg hierher." – „wirklich?" – jetzt wieder dieser spott, dieses ‚herr professor'-ding. ist dem jungen scheißegal. und zu dunkel zum lesen des dossiers wirds bald obendrein sein. „ja. egal. war auf dem meldeamt. hab diese adresse rausgekriegt, wo sie war, ab november damals, da bin ich dann hin. der typ, bei dem sie eingezogen ist, der wohnt noch dort." jetzt ungeteilte aufmerksamkeit, die hand des jungen ver-

natürlich erklärt sie sich nicht, in den gesprächen mit denen, abends in kneipen oder in der wohnung dieses technikers. lacht bloß. über das selbstverständnis der kollegen im betriebswirtschaftsstudium. auch darüber, wie das ensemble ihres lebens langsam sinn zu machen beginnt, und was für einen. ding unter dingen, die sich sammeln. punk ist tot.

harrt im blättern, der lehrer bemerkt, wie er am auf-und-ab-gehen ist mit einem mal, zwischen vegetation und zelt und sammy, ein erstes frösteln auch, ein erstes mal gepresster atem, und ignoriert das, und macht weiter.

„von dem hab ich auch die mappe da." das mit ‚dem hellen' und ‚dem dunklen', er selbst der eine, und erich, dieser vater dieses jungen da der andere, das will der lehrer nicht erzählen, das lässt er schön bleiben, zuviel melodrama, oder würde er sich wie ein angeber fühlen vielleicht, egal, das fällt untern tisch. „hat erzählt, wie freunde von ihm damals hier herauf gekommen sind, im frühling, und da war sie. der hat auch gesagt, sie wäre da grad von einem acid-trip runter." da runzelt der junge die stirn. aber kurz. „sie hätte das dach nicht verlassen wollen, sagt der. und diese freunde von ihm, die hätten ab da eine zeitlang für sie gesorgt. ich denk mal, die waren irgendwie fasziniert davon. wie das wohlergehen von so einer frau davon abhängt, ob die ihr was zu essen bringen. oder einen unterschlupf." der lehrer deutet mit einem fuß auf das kaputte biwak, hebt ein stück stoff ein wenig an dabei, und drunter, da sieht das aus wie überreste eines richtig warmen schlafsacks, da bewegt sichs. sowas wie käfer, die fressen die baumwollfüllung, denkt der lehrer, und nimmt den fuß mit einer spur von ekel wieder weg. hat der junge kaum bemerkt, der blättert jetzt doch wieder in dem kleinen album. nimmt die zwei fotos raus, die vorne in der mappe sind. hält die nun seinerseits dem lehrer hin.

da wohnt sie dann mal. schreibt sich an der uni ein, anfang oktober, findet einen job, paar tage später: als stripperin. das geld ist gut, und tanzen kann sie, hübsche brüste hat sie, hübschen arsch auch. von den typen, die sie versorgt haben in der zeit auf dem dach, versteht keiner, warum sie ausgerechnet bwl studiert.

„der hat erzählt, wie sie da rumgesessen ist und nachgedacht hat übern sommer. hat sozusagen einen ganzen freundeskreis gehabt, um sich zu kümmern. zehn-fünfzehn leute.“ – „warte mal.“ stößt sich der kettenraucherjunge ab von der brüstung. betritt das spielfeld. winkt mit den fotos in den fokus des lehrers rein. „was hat das zeug hier damit zu tun? gut: nette fotos.“ jetzt schaut der lehrer das erste mal genauer drauf. was er da sieht, macht ihn an. unmittelbar. das da ist die frau, mit der er damals geschlafen hat. die silberblick-figur, und nicht die junge mutter von jenem anderen foto, von dem familienidyll, das ihm der junge in erichs haus gezeigt hat. „aber der rest? hast du es dir schon durchgelesen? wie passt da meine mutter rein? ich seh da bloß einen haufen verbrechensmeldungen. sogar noch lokalteil.“ schüttelt der lehrer den kopf und grinst. als wäre ‚lokalteil‘ was schlechtes. der junge sieht das grinsen nicht, und das ist zufall, nicht kalkül. „warte. dahin kommen wir noch.“

gehen beide hin und her, als wäre es eine übung. wieder die paar pflichtstunden pädagogik im hinterkopf, ‚raumerfahrung – körpererfahrung‘, weiß noch den titel des seminars, sonst nichts mehr davon, glaubt er zumindest, während er fortfährt.

„hat also hier herumgehangen und nachgedacht. auch, ob sie zu euch zurück soll, oder nicht, hat der kerl da, wo sie gewohnt hat nachher, mir gesagt. solche sachen.“ – eine glatte lüge. warum

denkt möglichkeiten durch, die sie zu haben glaubt. beim techniker zuhause geht sie als erstes duschen. trägt einen grauen bademantel und denkt, dass sie wohl was studieren wird. und sich nicht wieder melden, bei dem hageren mit kind.

er die jetzt gebracht hat, weiß der lehrer nicht. – „und wenn ich den typen richtig verstanden hab, dann war sie für diesen freundeskreis sowas wie eine neutrale instanz. ‚ratgeberin', oder so." – spott-tonfall, deutung, viel zuviel davon. ekelt sich der lehrer. dass er die story karikieren muss, die er gehört hat. sagt sich, das sei, um sie verständlich zu machen. und wieder eine lüge. aber von ganz anderer art jetzt.

„und als sie genug gehabt hat von rumhängen, hat sie denen, die gerade da waren, gesagt, dass sie was braucht, wo sie bleiben kann. und ist dann dort gelandet, bei dem da, warte ..." – und sucht den sandblonden, der auskunft gegeben hat, auf dem einen der beiden fotos in der hand des jungen. findet nichts, zu dunkel jetzt, oder zu viele jahre dazwischen. „wie war der typ eigentlich?" – „komisch. also: gutbezahlter chaot, irgendwas technisches. hässliche wohnung. lebt alleine. also jetzt zumindest, glaube ich." sind sie plötzlich beide ruhig, und der wind flaut ab, und jetzt ist es eindeutig zu dunkel, um irgendwas zu lesen, das mal im lokalteil erschienen ist, und der junge hält inne. in der mitte des gevierts. irgendwas fehlt ihm. oder war der tonfall der falsche? schiebt der lehrer noch was nach: „so ein großer. blonde kurze haare, bisschen jünger als ich, ‚sehr männlich'." gedehnt, das, und macht bei diesem letzten wort eine geste mit den armen, als wollte er trainierte muskeln präsentieren. dazu ein einverständnis-schmunzeln im gesicht. schnell wieder weggewischt, beides, als er den jungen

zieht bei ihm ein. der techniker hilft ihr ihre sachen tragen und wirkt aufgeregt. sie geht neben ihm durch unterführungen. ihm hat sie die story erzählt, wie das war, schwanger zu sein. jetzt muss sie erzählen, warum sie aufhört zu erzählen.

ansieht, der lässt sich da auf nichts ein. und nimmt die schritte wieder auf. keine billige verbrüderung an dieser stelle. aber auch kein verstimmtsein.

„dann hat sie studiert. betriebswirtschaft.“ dass sie im stripclub gearbeitet hat, ist wieder was, das er auslässt. kriegt dabei das gefühl, er sei ein verklemmter scheißer geworden mit den jahren. gleich stark jenes andere: so sei das mit ihm schon immer gewesen, und er habe sich eben jetzt wieder mal dabei ertappt. schüttelt heftig grimassierend den kopf. beides bullshit. denkt auch, das hier wäre was anderes. bemerkt er da, dass der junge ihn genau beobachtet. und bleibt bei der auslassung. schnorrt sich wieder eine, und zwingt die gesichtsmuskeln zur ruhe. während er wieder ansetzen will, beginnt der junge: „verstehe nicht, was sie hier gewollt hat. und auf acid.“ neuer atemzug, anderer tonfall: „gehen wir runter? wird kalt.“

unten, also unterm dach, auf dem speicher, und während der junge schon zielsicher auf das treppenhaus zuhält, fühlt sich der lehrer betrogen. etwas hat nicht stattgefunden. ob er sich erhofft hat, eine spur von diesem silberblick-mädchen zu finden, da oben, eine spur, von der ihm der sandblonde nichts berichtet hat? will er sich nicht ernsthaft fragen. erwägt bloß die möglichkeit des gedankens. ein wenig enttäuscht, und matt, und fröstelnd. ruft dem jungen nach: dass der mal warten solle. wie entschuldigend, nur

---

da ist diese herkunft leererzählt, die sie hat. was sinnvolles tun ab jetzt, denkt sie an einem morgen. das einsiedeleispiel beenden. auch, weil es kälter wird. der typ, der sie an dem tag besucht, ist irgendwas technisches. kommt seltener seit seinem diplom. hat arbeit, kifft nicht mehr. den fragt sie um unterkunft.

zu laut dafür: „jetzt kommts nämlich.“ – „schon“, sagt der junge, und das hat er aus einem film, dieses umdrehen, diesen tonfall, auch die zeigefingergeste gegen die eigene dünne jacke: „aber irgendwo, wo es nicht so zieht.“

und ‚irgendwo‘ heißt abstieg, und dann sind sie wieder fast ganz unten. verhält sich das haus anders jetzt, was die akustik betrifft, registriert der lehrer. das muss daran liegen, dass die stadt rundherum sich anders verhält. andere autos, andere verrichtungen in den fabriken, andere menschen mit anderen worten und anderem geschrei auf den straßen. tag und nacht und dämmerung. sitzen sie einander auf schreibtischen gegenüber, hinter einem fenster im ersten stock des gebäudes. den platz hat der junge gewählt, ohne diskussion, der lehrer ist ihm widerspruchslos nachgegangen. man ist gerade so eben noch verborgen vor den paar passanten draußen. man strahlt vom kinn an abwärts im grellen licht einer straßenlaterne.

greift der lehrer nach der mappe auf dem schoß des jungen, blättert sie auf, überwindet den unwillkürlichen widerstand, den dabei die hände dieses sam da ausüben. zeigt auf den ersten artikel. fransiges zeitungspapier, schlechter klebstoff hält das auf dem gelochten hochglanzbogen, es fällt gerade noch nicht raus. eine spalte, auch das kleine bild einer hausfassade. „das war nämlich sie.“ greift dann nach irgendeiner anderen seite, drei spalten text

das dauert, und wird wieder mal herbst. das mädchen denkt nicht mehr an viel. wartet auf besuch, treibt die geschichten weiter: sie als mutter. sie als tochter und schülerin. sie als kellnerin. sie als flittchen, und so nennt sie selbst das one-on-one-ding, das sie war: treibt die stories weiter, auf ihr ende zu. das ist im september.

und ein größeres foto, portrait eines kerls diesmal. „das auch. das alles.“ beginnt der junge zu lesen. systematisch, beobachtet der lehrer, vom anfang weg. gesten, blicke, haltungen: jede reaktion in der warteschleife. beobachtet der lehrer. macht sich selbst bewegungslos, aber nicht ganz so vollkommen.

dann schaut der junge auf. viel später. hat der lehrer auch zweimal auf die uhr geschaut, inzwischen. dauert zwanzig minuten, die lektüre im staubgedämpften laternenlicht. schaut auf, blinzelt mehrmals. sieht der lehrer seine pupillen sich scharfstellen. setzt zu einer frage an. zu welcher, oder wie die zu beantworten wäre, muss der lehrer mutmaßen. ganz nebenbei, dass sich die hierarchie wieder eingerenkt hat: spürt der lehrer kein missverhältnis mehr zwischen der rolle, die er einnimmt, und diesem grund, den er sich dafür gibt, hier zu sein. schneidet dem jungen das wort ab. ‚legt die karten auf den tisch‘. „sie ist mit einem professor über kreuz gekommen, zuerst, hat der mitbewohner gesagt. dieser da, der hat sie begrabscht, oder so.“ – greift dabei wieder in die seiten, blättert wieder zum anfang. „und danach … ist sie dabei geblieben. habe keine ahnung, wer die anderen waren. ist ja auch die rede von ‚mehreren tätern‘, oder?“ – nickt der junge. – „ich habs mir noch nicht mal durchgelesen.“

„jedenfalls hat der kerl, als ich da war, und ich sag ihm, warum ich da bin, geglaubt, ich könnte polizei sein. nein. zuerst: ob ich

die sehen was in ihr, das sie nicht ist. sie zu versorgen, ist sowas wie ein geheimnis, das die teilen können. ihre herkunft lesbar auf dieser haut, die noch immer kaum kälte spürt. die aussicht vom dach aus. sie erzählt jedem, der fragt, was über sich. und jedem was anderes. gibt ihren stories gesicht.

erich bin. dann: polizei. – hab ihm dann die situation erklärt." da schnaubt der junge. und zurecht, denkt der ältere, der helle von zweien, der lehrer. zurecht. nämlich erstens: dass da draußen irgendwer von erich und ihm weiß, und er kennt den nicht. und zweitens: welche situation da zu erklären wäre? wie beschreibt sich das hier? diese verkettung von umständen? und was genau hat die dann damit zu tun, dass der lehrer um auskunft fragen kommt? sowas liegt im schnauben des jungen. aber vergräbt der dann gleich seinen blick zwischen den seiten der mappe.

rappelt sich der junge hoch. fragt stehend: „und wie gehts ab da weiter? also: hochhausdach, acid, ok. wird gefunden von diesen freunden, auch ok. geht runter, zieht wo ein, studiert bwl. komisch, das, aber gut. dann schlägt sie wen zusammen und wird nicht erwischt. ab da geht das weiter, mit dem leutezusammenschlagen. ist vielleicht sie, vielleicht noch wer anderer. alles seltsam, aber ok. aber: wo ist sie jetzt? wissen wir das?" steht auch der lehrer auf und schüttelt den kopf, „nein", sagt er, „das wissen wir nicht. sie – oder ein anderer, oder sie und wer anderer – haben diese sachen da gemacht. wieviele sinds eigentlich?" – „acht, glaub ich." – „also, acht leute zusammengeschlagen, und das ist einen winter lang gegangen: dreiundneunzig-vierundneunzig. dann war sie noch eineinhalb jahre lang bei diesem mann gemeldet, wo ich war. der sagt, sie ist immer weniger dagewesen, nachdem er ihr gesagt hat, dass sie aufhören soll mit dem baseballschläger-scheiß. weil,

macht diesen frühling und sommer dann auf rätselhaft. bekommt alle paar tage besuch von einem dieser leute. von den dreien, die sie gefunden haben, und den freunden von denen. und sie hat da eine ganz bestimmte rolle inne, auf dem dach. das muss sie nicht verstehen.

hat er mir gesagt, hat er ihr gesagt, dass er gewusst hat, sie hat einen baseballschläger gekauft, und das hat alles auch sonst sehr gut gepasst, also, wann sie verschwunden war über nacht, und wann sowas passiert ist. dass er eins und eins zusammenzählen kann, hat er gesagt, dass er gesagt hat, dass das aufhören muss. am schluss hat sie in der wohnung bloß noch ihr zeug gehabt." das jetzt vermutung des lehrers, aber gut. hat sich in einen sog geredet, dem er mehr traut als dem, was er genau weiß. und weiter: „mit wem die sonst noch unterwegs war, so ab frühling-sommer vierundneunzig, außer diesem freundeskreis, das weiß der nicht. jedenfalls: hat er sie danach noch ein paarmal getroffen. nachdem sie endgültig ausgezogen war. aber immer nur so kurz getroffen, zufällig, abends, in lokalen und so. also wissen wir, dass sie die stadt nicht verlassen hat. also nicht sofort, oder wenn sofort, dann nicht auf dauer."

dann sind die beiden ruhig. gesagt, was zu sagen war. der lehrer stellt sich vor, wie das wäre, wenn der junge plötzlich wieder anfangen würde mit dieser ganzen mietshaus-geschichte, mit der wette, die er gewonnen hat, mit dem alten und den hausparteien, die da – dank ihm – jetzt gratis wohnen. wie er reagieren würde, wenn der junge wieder begönne, gerede von ganz anderswo in diesen raum da zwischen ihnen reinzuholen, um die stille zu zerstören. um das nachdenken unmöglich zu machen, nein, nicht unmöglich: unnötig. tut der junge klarerweise nicht, raucht schon

das mädchen beobachtet sich dabei, antworten parat zu haben. was sie war: aber da verstehen die nicht recht, was sie erzählt. und dass sie ein kind hat. nein, dass sie noch nicht weiß, wohin. dass sie wohl erstmal hierbleibt. ja, hier auf dem dach. ob man ihr die liebe tun könnte, ihr ein biwak oder sowas raufzubringen? und lebensmittel, zwischendurch?

wieder stattdessen, zappelig geworden. immer der lehrer nur am reagieren.

und der junge hat die geschichte jetzt gerade zum ersten mal gehört. die reaktion des lehrers da drauf war gewesen, sich den jungen zu schnappen und hierher zu kommen. wie wird nun die des jungen sein? bemerkt der lehrer da, dass er es schon wieder getan hat. nämlich: einen zustand herbeiführen, in dem er sich überraschen lassen muss von dem, was ein anderer tut, und davon hängt dann auch sein eigenes tun ab. wie immer, wenns um mehr geht als den verlauf eines einzelnen tages. wie damals, mit dieser kleinen, die ihn und den kerl aus der anderen schicht – gut, kann man so sagen – verführt hat. jetzt hat er es schon wieder getan, das nichtstun. ist das irgendwie schlecht? – ist es natürlich nicht. aber fällt ihm da dieser zorn ein, den er immer wieder mal hat: das mit der widerstandslosigkeit der schüler, die er unterrichtet.

der junge bricht das schweigen. rekapituliert: „wir wissen also nicht, wohin sie ist. wir wissen nicht mal, ob das da alles meine mutter war. vorschlag: fragen wir doch die, die es wissen müssen. oder: die zumindest irgendwas wissen müssen." – der lehrer schaut verwirrt, und der junge wiederholt das. mit schauspielerfresse und künstlicher tiefstimme beim zweiten mal. ganz nah. begreift der lehrer noch nicht: „wie meinst du das: die, die es wissen müssen?" – blättert der junge im album. sucht, findet. „na: albert b., student,

die kennen nichts, was sie kennt. das ist eine gesprächsbasis, und die überdauert den morgen. der endet damit, dass man gemeinsam in einen dämmerzustand fällt und gemeinsam mittags hochschreckt vom verkehrslärm, dass einer kaffee holt und man sich gegenseitig fragen stellt.

zum beispiel." grinst. „oder hier: heiner l., einzelhandelskaufmann." da grinsen beide. reißen augen auf. ist sich der lehrer selbst gespenstisch, so. eine art von überschwang, das hier, die hat er nicht vorausgeahnt. die stimmt auch nicht ganz. aber gut. man weiß, was zu tun ist, und man setzt sich in bewegung.

betrachtet die gesichter: wird ihrerseits betrachtet. und punk ist tot, und sie ist dem asphalt verwandt, und ausgesetzt dem wind. jetzt diesen stimmen obendrein. schönen menschen. ist keine spur von kampf in denen. tun befremdet und behutsam, wenn sie mit ihr reden. fast, dass das mädchen sie auslacht.

7 café, in hanglage, mit ausblick

erst hat der junge mal recherchiert. der lehrer ging währenddessen seinem tagwerk nach, eine woche zeit hatte man sich gegeben, tägliche anrufe, ein kurzbesuch auch, frühabends, mit abtausch von floskeln, ‚wie alte bekannte', hatte der lehrer beim gehen gedacht, cool und ohne aufwand. das war in der wohnung des alten gewesen, gegen den der junge diese wette gewonnen hatte. tatsächlich dort. war für den lehrer auf dem weg gelegen diese wohnung, klar, gleich bei der schule, und hatte sich der junge nicht mehr bewegen wollen, nachdem er den nachmittag über mit dem alten auf dem balkon gesessen war und über ‚hausparteien' geredet hatte, und über briefe und sportwetten. wollte wohl auch prahlen, so subkutan, der junge, immer noch, mit dem wetterfolg, dachte der lehrer und ging nicht drauf ein, als er dort war. stellte sich beim eintreten vor, nicht der einzige zu sein, den der junge hier empfangen würde. fragte sich erst da, ob der junge eine feste freundin habe. der alte war ölig und freundlich. war nicht deduzierbar für den lehrer, was da laufen könnte zwischen dem alten und diesem sam da, in abwesenheit anderer. nicht vorstellbar,

---

eine frau, zwei typen. ob sie sie stören würden? schüttelt das mädchen den kopf. bleibt aufrecht sitzen. die drei beginnen, herumzugehen. trinken und rauchen, und reden schon wieder über dinge, die sie nicht betreffen. während das mädchen von dem trip runterkommt. da werden die müde und betrunkener, da wird sie gesprächig und steht auf.

ob da gehässigkeit herrscht, oder geschäftston, oder vetrautheit, oder was, und in welcher schichtung. ekel im hinterkopf, wenn er an diese beziehung dachte, dealer und hausbesitzer, zu alt zu jung und so, also unbestimmter ekel: roch das ganze nach einer form von ausbeutung, und die war dem lehrer nicht geläufig. nicht mal die frage beantwortbar, wer wen ausbeuten würde, so, jenseits der wette und ihrer folgen. verdrängte er die also, kaum dass er wieder auf der stiege war, und sagte sich ‚denk in projekten!': dass er von dem jungen ohnehin nur eine seiner stimmen oder eines seiner gesichter kennen konnte, die anderen nicht. dass ihn und den jungen dieses eine verband, und dass den alten und den jungen jenes andere verband, und dass er, der lehrer, sich da vergleichsweise glücklich schätzen könne vermutlich, dachte er auch, bevor er all das beiseite schob.

also der junge hat erstmal recherchiert, der lehrer ist erstmal seinem lehrertagwerk nachgegangen, das lief eine woche, und in der wohnung des alten hat man weiteres vereinbart. war der alte danebengesessen, neutral zwischen ihnen, ohne erkennen zu lassen, ob er verstand oder verstehen wollte. verständigten sich der lehrer und der junge da auf was, das nannten sie ‚ein vorgehen'. der junge hatte eine klare vorstellung davon, wie das laufen könnte, deshalb ging das schnell, dauerte zwanzig minuten vielleicht, dann war der lehrer wieder gegangen, hinausgetreten

das wird unterbrochen, dieses denken. sie bekommt gesellschaft. sind zu dritt. studenten oder so. mit weinflaschen und döner kebap in den händen, auch freundlichgekifften augen. die stehen um sie rum, gehen in die hocke, diffus besorgt. ob alles in ordnung sei? sie nickt, und denkt, dass sie jetzt lächeln sollte.

auf die treppe, in den ekel, und jetzt, paar tage später, breitet sich so ein park aus um ihn.

er geht so langsam wie möglich. er überquert eine wiese, er geht auf ein café zu, von da wird ein großteil der stadt zu überblicken sein, oder er wird sich das einbilden können, und da wird er warten, dass sich dieses vorgehen entfaltet, wie er das mit dem jungen vereinbart hat. hört beim gehen bewusst auf geräusche im hintergrund, achtet auf nichts, was er sieht. denkt, er müsste wirken wie ein betrunkener, auf einige entfernung, leicht schwankend. wer näher käme, würde sagen ‚stoned', und wer ihn anspräche, bekäme nüchterne sätze zur antwort. so denkt er. kerle, weiter hinten, am fußballspielen. söhne des höheren mittelstands, denen du das ansiehst auf die entfernung, so ein park ist das hier, und keine mädchen dabei. pappeln gliedern die horizonte. bloß nicht zu schnell jetzt. der junge, dieser sam, hat recherchiert, dann hat er telefonate geführt, wahrscheinlich auch einige wege zurückgelegt, so stellt sich der lehrer das vor, mit fahrrad und offenem parka und wind im gesicht, und dann hat er ihn angerufen: „waren nur zwei auf die schnelle zu erreichen. wir können die treffen, wenn wir wollen. was sagst du?" auf nachfrage, nein, habe denen nicht gesagt, worum es geht, nicht genau. ‚wegen dieser schlägereien damals'. aber mehr allgemein, ‚kriminalstatistik', ‚einst und heute'. das klang, als habe er versucht, den eindruck zu erwecken, er wäre von der presse, und das, ohne zu lügen. tonfall, strategische

---

dann wieder früher morgen. sitzt aufrecht im schlafsack, puls am rasen, wirres haar. wieder bei bewusstsein. sie wird inventur machen, denkt sie. sich an alles erinnern, was sie gewesen ist. dabei wird zeit vergehen, und sie wird runtergehen, ins straßennetz zurück, und irgendwas anfangen, das dann sinn machen wird.

coolness. was jugend wert ist, und routinierterer umgang mit indischem hanf, denkt der lehrer.

betritt den umzäunten gastgarten. platz mit rücken zur schank, und blick über den hang runter. dass er heute nicht in der schule gewesen ist, fällt ihm auf. nur paar stunden galerieaufsicht. und wie es war, auszuschlafen. war dazu nie gelegenheit gewesen, seit dem durchmarsch durchs hochhaus, mit dem jungen. das fällt ihm jetzt auf. wie er aufgewacht ist, ein fremdling, und wie ihm diese suche hier erschien, als er dran gedacht hat, zwischen dusche und kaffee. wie ihn erschrecken ankam, als die geliebte nach seinen plänen für den tag fragte, „für später“, nach der galerie. dass er zwei leben führt. seit er zum wettbüro gegangen ist, zwei leben. dass seitdem nur das eine von den beiden was hergibt an stories. nur ist niemand da, im einen wie im anderen, dem er es würde erzählen wollen. das war heute morgen. da gefiel er sich besser als jetzt. das wundert ihn. rücken zur schank, hangfront, und schaut sich erstmal um, ob eines der opfer dieses mädchens, nach dem er sucht, schon da ist. ob er sowas noch erkennt. still jetzt, und bringt man ihm kaffee.

erinnert ihn das hier alles an das spiel, das der junge, dieser kiffersammy, der sohn der gesuchten, mit dem alten mann gespielt hat in dem wettcafé. leute abschätzen. wer kommt auf sowas? spiel für kellner, bullen, bettler, kein spiel für lehrer, handwerkstypen,

ihr ist alles egal, und das stimmt, und das stimmt nicht, und das stimmt, und das stimmt nicht. es ist nicht wahr, dass sie ihr kind zu früh gekriegt hat, ist es doch, ist es nicht, ist es doch. das hier geht vorbei, und nachher wird sie wieder heimfahren. wird sie nicht, wird sie doch, wird sie nicht.

künstler. keine spur von dem jungen selber jedenfalls, noch eine viertelstunde bis zur vereinbarten uhrzeit. links von dem lehrer ein pärchen. so fünfundzwanzig beide, sie hübsch, mit angenehmer stimme, er daneben ein stück scheiße im benetton-hemd, machthaberhumor, zu breit das grinsen und zu teuer die schuhe. dann paar tische leer, im schatten, dann der erste kandidat, denkt der lehrer: etwas älter als er selbst, hohlrücken, hält sich am bierglas fest, mit einem arm, der schwer vom ellenbogen an auf dem tisch liegt. beugt sich der lehrer vor, um das gesicht zu betrachten, unauffällig. sind ihm die schöne und das biest im weg. an tischen hinter ihm sitzen auch welche, denkt er. blöder platz, hätte er früher drauf kommen können, jetzt ist es zu spät. das gesicht des möglichen opfers unauffällig, sehr kleine augen und sonst nichts, das sich einprägt. lehnt sich wieder zurück. hört wieder auf den hintergrund. galerien-aufsichts-haltung, und ganz entschieden nicht schulunterrichts-haltung. dass sowas sich herausbildet, denkt er. wie sich das auffächert. zwei leben, dann mehr als zwei. aus einem davon auch eine story zu destillieren. wem die zu erzählen wäre, in dieser oder jener haltung. und wie das wäre, wenn die stories ganz aufhörten. so wie die fußballspieler jetzt. deren gejohle ist erstmal erstorben.

im hintergrund, in den er da so sitzend reinhört, geschieht vieles. ganz abgesehen vom geschrei der singvögel. bei denen wäre sowas wie unmittelbarkeit, aber die geht ihn nichts an. blendet

---

es gibt die straßen, nachts, und die geisterwelt. es gibt acht liter wasser, und einiges an würfelzucker und äpfeln. es gibt die abwesenheit anderer menschen. es gibt pulsschwankungen, auch nieselregen. es wird ihr kalt, da zieht sie den pullover aus und ihre haut wird empfindungslos. wie der lack auf puppenkörpern. wie asphalt unterm wind.

das aus, lacht über sich. ‚plötzliche kindhaftigkeit, rückzugsort der völlig überforderten‘, hat er mal gesagt, ganz anderes leben, da war er sexy, sprach leise und war verliebt. weiß ad hoc nicht mehr, in wen. also abgesehen von den vögeln, auch abgesehen von seinem eigenen gelächter, ist da vieles, was geschieht. im hintergrund, auch hinter seinem rücken. ein gespräch, unter freundinnen, über die schwangerschaften abwesender. weiter drüben jemand am umblättern von zeitungsseiten. und noch jemand, der atmet rasselnd, laut, beschwerlich. dann das nähern von schritten. denkt der lehrer, dass das der kellner ist. will noch was und wendet sich halb um. so wie jetzt: existenzgeräusche im nachmittagslicht, eins neben dem anderen, grundlos, lose. so wäre das, wenn die stories endlich ganz aufhörten. und es ist nicht der kellner, sondern der junge. mit spuren von stolz und erschöpftheit. anzüglich fast. direkt neben ihm.

der mit den kleinen augen ist keiner von den beiden, die zu treffen sie hier sind, sagt der junge, als er sich setzt und dem blick des lehrers folgt. nickt die ganze zeit, und macht ein moderatorengesicht, unwillkürlich, als er gefragt wird, was er will. jetzt endlich, denkt der lehrer, dass den das richtig interessiert. so also sieht das dann aus, auf diesem gesicht, in diesem körper. zwiespältig, an dieser stelle: also einerseits befriedigung, dass er den jungen nicht mehr bloß mitzerrt in situationen, von denen er sich eigentlich nur selbst was verspricht. aber andererseits das bewusstsein, nach

---

wer verwehrt ihr identität?– ihr körper: über den kriecht ihre herkunft. glatt und ganz natürlich. ist das hier ein selbstmordversuch? – das hier ist kein selbstmordversuch. dass sie sich vergessen könnte und vom dach fallen, ist kalkuliertes risiko. sie ist nicht teil von irgendetwas, und dieses dach ist ebenfalls nicht teil von irgendetwas.

dem lehrerhandbuch vorgegangen zu sein, sogar im blindflug, ‚motivating tasks' abgesondert und den jungen dazu gebracht zu haben, das selbst zu übernehmen mit der recherche. das wäre dann das nicken jetzt, auf dem körper des jungen. oder bildet er sich da was ein. also: hat sowieso noch eine rechnung offen mit dem zeug, das er studiert hat, um diesen job zu machen, den er macht.

eine ihrer ansprechpersonen ist der zeitungsumblätterer, dem er zugehört hat vorhin, also beinahe zugehört. zwinkert der junge verschwörerisch in die richtung, um ihm das mitzuteilen. erkennt der sie selbstverständlich nicht. er hat nur samuels stimme am telefon als anhaltspunkt, vermutet der lehrer. will auch zeit mit geplauder füllen, erstmal. setzt an, und fühlt sich, was er sagen könnte, wenig passend an. deutlich an dieser stelle, dass der junge nichts weiß über ihn, und nichts wissen will. oder: anderes weiß als die anderen. weiß, als einziger, dass der lehrer nicht imstande war, das auf sich beruhen zu lassen, wohin die frau verschwunden ist, mit der er mal was hatte, so vor siebzehn-achtzehn jahren. um die geht es da ja gar nicht mehr, denkt er. geht darum: was der junge da weiß, klafft als wunde. im gewebe seiner biografien. und wie die ineinander übergehen. die stories, die leben. verlegt sich aufs schweigen, aber gibt die galerien-aufsichts-haltung dabei auf. jetzt lehrer. auch: dass er von diesem sam genausowenig weiß wie andersrum. dass er zwar in seiner wohnung war. aber die ist

was sie gekauft hat: schlafsack, ein paar flaschen wasser, warme kleidung, käse, obst und brot. auch zucker, tabak, lsd. richtet sich ein auf dem dach. der blick ist weit von da. die lichter des straßennetzes gegen abend dann. wie eine einfriedung das dach. sie isst sich satt, dann wirft sie das acid. lehnt an der brüstung und heult. identität ist ihr verwehrt.

dem ja egal, die bewohnt der ja gar nicht, bewohnt wetten und spiele und kämpfe. bei sich ist dem unwohl. lässt sich der junge aus der schweigepose des lehrers raus genau betrachten, und an dem blick, den er da kriegt, schätzt der lehrer ab, dass er selbst verwirrt aussehen muss. so sitzt man und teilt eine eigenartige zeichensprache aus blicken und minimalen handbewegungen. wirkt nach außen hin wahrscheinlich nach familientreffen. man wartet. man hätte vielleicht was zu besprechen, aber man lässt es bleiben. verstreichen die atemzüge, bis das dem jungen zu blöd wird. sein gepresstes gelächter beendet die feedback-verschleifung, in die sie der lehrer reingeritten hat.

lacht noch immer, als er aufsteht, der junge. nickt dem zeitungsleser zu dabei, der hat gerade hochgesehen und wirkt nun befremdet. fragt „wollen wir?“ in die richtung des lehrers. und schiebt nach, während der, noch sitzend, nach seiner jacke greift: „übrigens: wenn wir meine mutter finden sollten, ja? also ich wär zufrieden, das bloß zu wissen. wie steht es da mit dir?“ muss auf das hin verharren, eine sekunde, der lehrer. daran hat er nicht gedacht. nicht wirklich. und schüttelt dann den kopf. verneint aber damit die möglichkeit, überhaupt was zu finden. nicht die frage des jungen. auf die weiß er keine antwort. dass der junge das falsch versteht, wird billigend in kauf genommen. ein gespräch steht an zwischen ihnen. sich bald wieder stoned machen, denkt der lehrer, während er zwischen den tischen hindurch geht, oder betrunken,

sie und das straßennetz, sie und die häuserfronten. irrt durch ein einkaufszentrum, bis es mittag ist. folgt einer straße ins industriegebiet. steht vor einem leeren hochhaus. autolärm und leeres fleisch, one-on-one, und punk ist tot. merkt sich den ort, macht einkäufe, kommt wieder. bricht ein und steigt aufs dach. ohne regung im gesicht. wie früher.

aber bei ihm diesmal, in seinem wohnzimmer, und über die konsequenzen reden, die sie hier provozieren könnten. diesen sammy da seiner geliebten vorstellen und ihr erzählen, wie das war. was sich erzählen lässt, davon, wie die stories endlich verschwinden. in den hintergrund. in dem jetzt die fußballspieler wieder am rumschreien sind.

stellt sich der lehrer vor dem zeitungsleser auf und grüßt. da hat der junge sich schon niedergelassen an seinem tisch. der lehrer überlässt das reden ihm. hat keine ahnung, was er sagen sollte. will nur zuhören. wie vorhin. womit er begonnen hat, und wohin das führt. nirgendwohin, denkt er. entdeckt einen unbesetzten sessel, den er an den tisch bringen könnte, um sich dazuzusetzen. interesselos noch immer, aber ohne wohlgefallen jetzt.

klärung der situation ist im gange. man will die opfer dieser serie von übergriffen damals sprechen, mit ihm, mit dem zeitungsumblätterer, mit herrn b., damals student, jetzt jurist bei den stadtwerken, beginne man; man ist nicht von der presse; ja, man weist sich gerne aus, mopedführerschein in ordnung?; nein, lange geschichte, das. soweit der junge, und der mann mit der zeitung macht bedächtige bewegungen darauf. „man könnte sagen, wir haben ein privates interesse, die zu finden, die das damals waren“, sagt der lehrer, händefaltend vorgebeugt, mit einer anmaßung gerichtsdienerlicher seriosität. blinzelt zum jungen, und verbirgt das

sie stoppt ein auto richtung stadt. fragt sich, wieder auf einem beifahrersitz, wieder im verschwinden, wie sie sich das selbst erklären soll, was sie da tut. will nie wieder was erklären. steigt aus und findet sich an einem toten punkt. war kleinstadtschülerin, war flittchen, kellnerin und mutterbrust. ist nichts mehr leer und gierig; lässt sich treiben.

nicht mal. hat nicht vor, das gespräch zu sabotieren, sondern hält nur den juristen da für keinen idioten. der registriert das, die eine augenbraue antwortet, respekt respekt.

übernimmt der junge wieder: man wäre sehr verbunden, wenn der hergang der tat, damals, nochmal erzählt werden könnte. wie gut der den tonfall trifft, denkt der lehrer. und dieses nicken, die ganzkörper-wellenbewegung, wie eine sprungfeder, die langsam gespannt wird, und immer weiter, jedesmal, wenn dieser sammy da den mund aufmacht. seit dem gespräch, bei dem sie ihre vorgehensweise besprochen haben, hat sich für den was verändert. betrifft ihn anders jetzt. sowas wie furcht, ganz kurz, oder unsicherheit, beschleicht den lehrer, während der gut getroffene tonfall sich weiter entfaltet.

kaum dass der junge wieder stillsitzt, entdeckt er die andere auskunftsperson. winkt, wird ignoriert, winkt heftiger. steht schließlich auf. der lehrer folgt ihm nicht, sieht nicht mal, wem das gilt. wird schon noch. fixiert den ersten zeugen stattdessen, herrn b., frische kanne tee für den und eine schachtel zigaretten für den lehrer, danke. „soll ich warten, bis ihr junger kollege wieder bei uns ist?“ – „wäre schon besser.“ – „und darf ich bei der gelegenheit auch sie noch bitten, sich auszuweisen?“ – „haben sie vor, über uns nachzuforschen?“ – „was glauben denn sie?“ – „ich glaube, dass sie, sobald wie möglich, mit unseren namen zur polizei rennen und von

---

dann drückt sie dem hageren das tape in die hand, auf dem steht „samuel, zum 16.“, dann küsst sie ihn, dann zerkratzt sie ihm mit ihren nägeln den unterarm. dann grinst sie, und hält diesen sam auf dem arm, dann ist der hagere verwirrt. dann zieht sie sich zurück aus diesem mutter-ich, setzt das kind ab, packt ihre paar sachen und geht zur tür raus.

unserem interesse an dieser sache berichten.“ da ist der still, der jurist. wartet ein paar atemzüge und macht dann einen auf markigen lacher, aber den glaubt ihm der lehrer nicht. inzwischen ist der junge zurück mit einem weiteren sessel und dem zweiten zeugen, und der lehrer denkt, dass das wohl das erste opfer sein muss, vom alter her: dieser universitätsdozent, von dem der sandblonde geredet hat. kramt seinen führerschein raus, während die beiden sich setzen, hält ihn dem juristen hin, bleibt vorgebeugt und lacht. jünger sein, und jenseits des erwerbslebens. im hintergrund der dinge: mehr als dieser sam je sein wird, und viel weniger.

händeschütteln, händeschütteln. die herren haben sich schon mal gesehen. bei der polizei, vor jahren, aus naheliegendem anlass, man hat damals ein paar worte gewechselt, man braucht ein paar anläufe, dann erinnert man sich. der professor zurückhaltend, gehstock zwischen die knie geklemmt, schildkrötenwürde, dabei gar nicht mal so alt. sagt nichts, präliminarien schon erledigt, unerschütterlich, ganz ohr. und der jurist will beginnen. mit fragender braue in die runde. nicken, nicken. das des jungen ganz besonders.

„dass das jetzt nicht zu weitschweifig wird. liegt ja alles schon eine zeit zurück, nicht? also da war ich unterwegs, mit kommilitonen“ – räuspern, fällt dem lehrer da auf, immer dieses räuspern, alle paar worte, distanziert sich dieser jurist von dem, der er gewesen

erklärt in etwa folgendes: dass sie ihn zu früh gekriegt habe. dass sie das nicht könne. dass sie, so sagt sie, im wortsinn wahnsinnig werde, wenn das so weitergehe, mit der mutterschaft, mit mutterschaft als solcher. dass sie hoffe, aus ihm werde was gescheites. dass sie vielleicht wiederkäme. dass es ihr leid tue.

ist, und merkt das nicht mal – „und wir waren ziemlich betrunken. das war, warten sie, februar vierundneunzig, und scheißkalt, entschuldigen sie die ausdrucksweise. es war so drei uhr morgens. ziemlich gedrängt war das, in der kneipe, die kennen sie, ‚clarissima' damals, heißt heute wieder anders, warten sie, ‚exit', genau, schaut aber noch gleich aus, also vorn gleich die schank, und zwischen der und der wand so ein pfropfen leute an dem abend, kein vor und kein zurück, und dahinter wurde es breiter, da erst waren die tische, am vordersten sind wir gesessen. und hinter mir, also ich mit dem rücken zur menschentraube, wissen sie, hinter mir war dann so ein tumult, ein gedränge. einige stolpern. da ist so ein mädchen aus der menschentraube über die rückenlehne der bank gekippt, auf der ich gesessen bin. die war auch nicht mehr nüchtern, das sage ich ihnen. ist die also" – da wird das räuspern lauter, noch immer vorbewusst, und muss der jurist, damals student, zugleich ein lachen unterdrücken – „mit dem kopf voran aus der menschentraube über die bank gekippt, neben mir, und gleich weiter untern tisch gepurzelt. hinter mir stehen die freundinnen von der und kichern. es hat nur noch ein bein rausgeschaut von ihr, so, sehen sie?"

jetzt lächelt er verbrüdernd, männerbündisch, gute zähne in der guten sonne, gestern ist gestern, so ein park ist das hier, der jurist winkelt die arme gegen die tischkante, hastiger auch als zu anfang. „und wir haben halt herumgeblödelt. sie hat ein paar minuten

---

dort erklärt sie sich. spricht auf ein tape, da war vorher eine session drauf, zwei trompeten, schlagwerk, rezitativ. spricht eine halbe stunde, ohne selbstkontrolle. spricht leise und macht viele pausen. denkt nicht nach. dass sie nebenbei halbherzig masturbiert, ist nicht zu hören. spricht zu ihrem sohn. zu einem bild von ihrem sohn mit sechzehn.

gebraucht, um ihre körperteile zu sortieren ... es hat saublöd ausgesehen. dann taucht ihr kopf auf, bei meinen knien, und ich: ‚wo willstn hin?‘, und sie: ‚na, raus hier.‘, so ein bisschen kokett noch, und ich: ‚gefallst mir aber ganz gut da‘, da hat sie zuerst noch gelacht, und wollte sich hochziehen, und ich hab sie nicht lassen. es gab eine rangelei, da hab ich fast das gleichgewicht verloren. und am tisch die leute haben mich angefeuert, und die mädels von der bar, die sind alle schon rundherumgestanden, haben sie angefeuert, und wir haben nicht gemerkt, sie kriegt die panik, aus irgendeinem grund, wir haben das alle nicht gemerkt, auch ihre freundinnen nicht. gut, ich war vielleicht etwas zu grob. einer von meinen kumpels hat auch gesagt, viel später, ich hätte versucht, sie zu küssen, und ihr dann mit der zunge über die wange geschleckt. kann ich mich aber nicht erinnern. jedenfalls, plötzlich kauert die da unten und heult, und ich kann nicht aufhören zu lachen, liege auf der bank und biege mich vor lachen, werfe auch ein bierglas um dabei.“ das räuspern immer unüberhörbarer, sogar der professor tauscht schon blicke mit dem jungen und dem lehrer, dagegen hängt der jurist immer angestrengter das konziliante meingott-ich-war-jung-gesicht in die runde, und weiter gehts: „zwei andere haben sie schließlich rausgelassen und sind mit ihren stühlen weggerückt, sie haben ihr rausgeholfen. was dann mit ihr war, weiß ich nicht. es gab auch einen streit bei uns am tisch, einer oder zwei haben gesagt, ich solle jetzt besser gehen, die anderen waren dagegen, ‚hat halt zuviel gesoffen‘ und so, einer von denen

das war nichts wichtiges. bloß, dass es alles unterbrach, was wichtig war, für den moment. sie stehen ansatzlos auf, mit triebaufschub und fusseln an der kleidung, die sie wieder anziehen. verkapselt dieses mädchen seine gier und kümmert sich, während der hagere kaffee macht. die leere ihres körpers. bringt das kind in die küche und geht ins studio.

hat mich dann geschultert, so sind wir nach draußen. ich wollte keinen unfrieden stiften, habe ich gesagt, angeblich. draußen hab ich mich losgemacht und wollte heim. keine zwei ecken weiter ist es dann passiert.“

„zwei mädchen. hab ich der polizei auch gesagt, dass ich mir da sicher bin, zwei mädchen, keine männer und keine älteren frauen. zwei maskierte mädchen. sie haben mir aufgelauert, denke ich. das muss man sich mal vorstellen.“ augen weit und gegen unendlich ausgerichtet, die schultern fallen in sich zusammen, ehrliche empörung, denkt der lehrer, könnte heißen, was das gesicht da an sich hat, und etliches höher auch die stimme nun. „ich gehe da um die ecke, und die eine packt mich von hinten am kragen. ich bin gestolpert und hänge in ihrem griff, bevor ich weiß, was los ist. die andere kommt von vorn. so eine kinderfaschingsmaske hat sie aufgehabt. fuchs oder wolf oder katze oder so, und ein eisenrohr in der hand, blau lackiert, ich kann mich gut erinnern, dass ich gedacht hab, das sieht zu schwer aus für die. sie hat noch nichts gesagt. da kriege ich mich wieder ein und wehre mich. die hinter mir lässt mich los, ich sehe sie von der seite, skimaske, bodenlanger mantel, baseballschläger, und ich will zwischen den beiden durch davonlaufen. aber da krieg ich den baseballschläger mit voller wucht in den bauch. ich gehe zu boden, mir wird schwarz, ich sitze da mit ausgestreckten beinen. die mit der fuchsmaske redet, die andere schleift mich am kragen zur hausmauer, in den

dann frühling dreiundneunzig. bleibt das räderwerk der körper hängen. sie balgt sich mit dem hageren, zur abwechslung. an einem hellen kalten morgen. man findet sich geil, man wälzt sich in der diele. erinnerung, wie das begonnen hat mit ihnen. one-on-one das, fast. bis das kind zu schreien beginnt.

schatten.“ der junge unterbricht ihn. mit künstlich tiefer stimme, und das kennt der lehrer schon, auch künstlich emotionslos, und das ist neu: „entschuldigung. was hat sie zu ihnen gesagt?“

moment der sammlung für den juristen. mustert sich selbst, anscheinend. was der lehrer glaubt beobachten zu können. oder will der so aussehen, als versuche er sich irgendwie genauer zu erinnern. dann barscher als davor: „na, sowas in der art von: dass ich mir eine abreibung verdient hätte wegen der aktion in der kneipe, mit diesem mädchen unterm tisch. auch, dass ich die art von scheiße besser nie wieder abziehe, weil ich ein zweites mal nicht überleben würde. das sei eine warnung, eine zweite chance. danach dann gar kein reden mehr. nein, stimmt nicht. die andere, die mit der skimaske, hat mich später angebrüllt, ‚wie ist das, na? fühlst dich nicht mehr so sicher, hä?‘, so auf die art. sie sind mich richtig angegangen, mit tritten und schlägen, aber nie auf den kopf gezielt, an das kann ich mich noch genau erinnern, dass mir das aufgefallen ist. dass sie nicht blindlings zuschlagen. dass sie wissen, was sie tun, oder sich das jedenfalls einbilden. ich hab geschrieen wie ein schwein, weil die eine mir die eisenstange in die linke hand gerammt hat, und ich meinen mittelfinger gesehen hab, in einem unmöglichen winkel von der hand wegstehen. und das geräusch.“ hält da seine linke hand hoch, und wenn man weiß, wonach man sucht, dann sieht man da die spuren. ‚zusatzversicherung‘, denkt der lehrer. sehen alle finger beweglich aus. vielleicht, dass es zur faust nicht mehr ganz reicht, und dass in der mitte des handtellers, ungefähr kreisrund, eine verhärtung, vertiefung, wie auch immer das dann heißt, zu sehen ist. der junge hört auf, seine genugtuung zu verbergen. sattes lächeln, fast schmatzt er, und passt nicht mehr zum tonfall von gerade eben noch. neutralität aufgekündigt.

dann erzählt der jurist, wie das im krankenhaus war, und mit der polizei. dabei aber bemüht zu ignorieren, dass der junge ihn unverhohlen als arschloch ansieht, und das habe gekriegt, was es verdiene. wie er durch diese sache zwei semester verloren habe. beschwörend, noch zwei mal, dass das auch sonst niemand bemerkt habe, in dem lokal, wie die panisch wurde unterm tisch. ‚konsens erzielen', soweit das pädagogikhandbuch im hinterkopf des lehrers, methodik rollt da ab, tabellen mit gruppengröße, alter, unterrichtsgegenstand; nichts wichtiges, aber brandet besänftigend ein gefühl von überlegenheit gegen sein pokerface. schließlich, dass man schweigt.

der junge nickt und nickt. der jurist, auch ohne was zu sagen inzwischen, mit diesem nervösen räuspern. das zucken der mundwinkel des jungen, das sowas ausdrückt wie einen eben entdeckten hass, und befriedigung, die mit der entdeckung einhergeht. der jurist gegenüber, die brauen hochgezogen, wirkt verwundert, aber bereit zu parieren. weiß sich im recht, und wie. würden sich an

---

passiert viel, auch abstillen, kind sauber kriegen, auch gesamtdeutscher bundestag, grenzöffnungen, sich anbahnende kriege in nachbarländern, und wie im fernsehen die haare kürzer werden. fernsehen haben sie inzwischen, in dem haus mit tonstudio. punk ist restlos verrottet. ihr kind lernt die umgebung kennen, und die namen der dinge im umkreis.

die kehlen gehen, anderswo, die zwei. vielleicht, wenn irgendwas kippt in der konstellation, denkt der lehrer, auch hier und jetzt.

und kippt denn auch. fängt an mit dem professor. der mit dem rücken zum hang, der mit stock, und haaren auf dem handrücken, wie der erzählt, was gewesen ist. macht freundliche sätze, so überbetonte, und fährt mit denen mitten in das schweigen zwischen den juristen und den jungen. liefert seinen beitrag gelangweilt. ist ihm egal, ob zugehört wird. wie der junge den überzeugt hat, hier dabeizusein, verschließt sich dem lehrer.

jedenfalls, dass die person, die ihn angegriffen habe, ohne rücksicht gewesen sei, und an seinem geld nicht interessiert. jawohl, ‚person'. zuerst, laut einvernahmeprotokoll, ‚ein unbekannter'. erst nach dem vierten übergriff sei man auf ihn zurückgekommen, da habe man das einvernehmlich geändert, in ‚eine maskierte person', geschlechtsneutral. gabs schon zeugen, die von kleinen händen, frauenstimmen hinter den masken aus wolle und plastik sprachen. da dann schon zwei masken, nicht wie in seinem fall eine. auch, und beugt sich vor am stock, dass ihm, anders als dem juristen, nicht zu verstehen gegeben worden ist, was er falsch gemacht habe. das wort da, ‚falsch', und der blick des juristen darauf.

ein schwelbrand an vorwürfen, denkt der lehrer, unbestimmt, und unter eigentlich wildfremden. immerhin im sonnenlicht, und mit

sie macht ihren abschluss. also abendschule. entwickelt sich. aufziehspielzeug. das befremden bleibt. im hinterkopf, dass da einmal die möglichkeit zur steten flucht war, mit gewalt und one-on-one und blut aus nasenlöchern. dass es das gab. ins ticken der unruh der dinge hinein. das aufziehspielzeug der bedürfnisse. der körper.

ausblick, dieses spiel. auch: in schach gehalten, was da abgeht, von der gegenwart anderer gäste. was dieses mädchen, zirka achtzehn jahre her, und später dann zornig, mit baseballschläger und maske, was die getan hat, ihnen, wie sie hier sind. dass das jetzt so ist. ein tisch, um den verletzte typen sitzen. ‚ihr geist lebt fort', pfäffische phrase, denkt der lehrer, brauchbar, um das zu fassen: dass man sich, so, wie man da sitzt, richtig in die fresse geben könnte, nicht nur jurist und junge. dass weniges fehlt. oh, keine absehbare parteienbildung. one on one, das hier, wenns hochkommt, viel viel eher.

die habe dem professor damals mit keinem wort gesagt, was er falsch gemacht habe. aber er habe ja ordentlich zeit gehabt zum nachdenken dann, krankenhaus, halbes jahr krankenstand, habe er übrigens gut genutzt, kaum folgeschäden, nur dass die eine niere nur noch eingeschränkt leistungsfähig, und die linke schulter, da … aber das könne ja nun genausogut das alter sein alles. sowas offenbares hingegen wie die hand des juristen, mit narbengewebe und allem, sei bei ihm, dem professor, nicht zurückgeblieben. ‚teurere zusatzversicherung', denkt der lehrer. nun, der professor sagt, er habe zeit gehabt, nachzudenken, und sei auf dem laufenden gehalten worden, von diesem polizeibeamten. gut, habe dem nachtelefoniert alle wochen. so wisse er eines, und ein zweites glaube er zu wissen. zeigt anzeichen von fröhlichkeit, der profes-

als wieder winter ist, gebiert sie. sie nennen den jungen samuel, damit er sich später mal sam nennen kann. das hätte der hagere selbst gern gehabt. sie hat milchtitten, und die welt ist ein aufziehspielzeug. dann laufen tage ab und jahreszeiten, arbeitsstunden, auch die zyklen dieses kinderkörpers. so vergehen drei jahre.

sor für wirtschaftswissenschaftliche mathematik im ruhestand, während er so redet.

das eine, was er wisse, sei das mit der fuchsmaske, der schlägerin, die beim überfall auf ihn noch nicht dabei war: das habe ihm der herr polizeikommissar gesagt. die identität von der mit der fuchsmaske, die sei bekannt. die wohnung von der sei gestürmt worden, gegen sommer vierundneunzig oder so, laut diesem kommissar damals, diese wohnungsstürmung ‚eine wahre schlacht. vier beamte zum teil schwer verletzt, und ein einsatzfahrzeug gestohlen, und keine spur von diesen beiden, die da drin waren‘. immer noch, fügt der professor, erschlafft im sessel gegen den sonnenhang jetzt, hinzu, keine spur von der, obwohl ihr name bekannt sei und angeblich ihre eltern, auch schon alt … egal, obwohl ihre eltern versprochen hätten, sich zu melden, wenn sie einen brief kriegen würden, oder was in der art.

das zweite, was er aber nur zu wissen glaube, er bitte, das nicht überzubewerten, betreffe die, die ihm damals aufgelauert habe. alle anderen opfer, denn er habe sie alle kennengelernt – ‚hast dich an die drangehängt‘, denkt der lehrer, fühlt sich gehässig dabei, schämt sich durchaus nicht, ‚hast nichts zu tun gehabt, aber anlass, telefonnummern einzusammeln‘, sagt das natürlich nicht, ist weder blöde noch ein arsch, also: alle anderen opfer seien wie gesagt im zuge des übergriffs aufgeklärt worden über ihre

---

sie ist nicht mehr dünn und sie ist nicht mehr frei von charakter, als es wieder herbst wird. sie bedauert den verlust der möglichkeit, sich jedem spiel auszusetzen, das irgendwer spielt. sie spricht nicht viel. überlegt vergeblich – schwanger – wieder zu verschwinden, oder einen der musiker anzugraben, die in arbeitspausen draußen rumstehen.

fehler, nur der professor nicht. nun würde ihm da aber durchaus ein fehlverhalten einfallen, aus der zeit vor dem überfall, das er zu verantworten habe. eines, man verstehe ihn da recht, nicht zwei oder fünf. und, auch das vom kommissar, der übergriff auf ihn, der sei ziemlich sicher der erste der serie gewesen. will heißen: der professor stelle sich das so vor, dass die junge frau, in bezug auf die er sich damals falsch verhalten habe, dass sie die zweite, also die noch immer unbekannte, also die erste täterin gewesen sei. habe das der polizei aber nicht erzählt, als er da draufgekommen sei, dass er ihren namen wahrscheinlich wisse. warum nicht, will der junge wissen, ganz aufrecht, seitenblicke zum lehrer, kiefermuskeln zittern, warum nicht?

da hört das dann auf damit, bloß anzufangen, mit dem kippen der situation. registriert der lehrer noch den leichten wind überm hang. zittert buschlaub. so ein park ist das hier, dass das so lange gedauert hat jetzt, bis man zu sehen kriegt, was sich verändert hat. dass er noch kurz an die eigene wohnung denkt, daran, den jungen seiner freundin vorzustellen, sich bekifft zu machen und zu reden. atmet durch. was sich ändern kann. das kräfteverhältnis am tisch hier, wo die verletzten sitzen. auch die erinnerung an dieses mädchen, das die verletzungen verursacht hat. auch das liegt jetzt jenseits dieser story. wie das vereinbarte vorgehen: das wird nichts mehr, mit zuhören und bedeckt-halten und später den

es gibt routinen, und die haben nichts mit gewalt zu tun. niemand siegt. sie hat ihren eltern nicht erzählt, dass sie ein kind bekommt. sie steht an fenstern und beobachtet, sie nähert sich ihrem hageren techniker, sie entfernt sich wieder. sie hat sich eingerichtet. sie bleibt in den momenten, plant nichts, kann nichts planen. beobachtet sich mit befremden.

hinweisen folgen, die sie vielleicht bekommen hätten. ganz andere konsequenzen jetzt, die das hier hat, dieses treffen.

es ist neunzehnneunzig und nebeliger frühsommer: es gibt ein haus vor der stadt, bruchbude, paar zimmer, renovieren sie und ziehen da ein. es gibt second-hand-equipment fürs eigene studio dieses kerls. es gibt auch musiker, die mit ihm arbeiten. jazzer und industrial-gestalten. es gibt eine schwangerschaft. mit sechzehn, oder ist sie da schon siebzehn.

punk ist da schon tot. der kerl hat kapiert, und abtreibung steht zur debatte, aber nicht lange. sie reden über die zukunft, und ihre körper im raum strafen ihr gerede lügen. dann lecken sie einander die genitalien. dann rechnet ihr der kerl was vor. es ist nachmittag, sie hockt auf der matratze, er geht auf und ab. wieviel er verdienen könnte mit tontechnik.

8 parklandschaft, gassen, plätze

danach gewalt. dass damit das letzte bisschen story auseinanderbricht, das sich irgendwem hätte erzählen lassen, endgültig nun, denkt der lehrer, und lacht deshalb, als er die faust des jungen in die fresse kriegt. taumelt auch in diesem griff, der ihn noch hält. der junge, dieser sam, in rage. hat ihn gestellt. auf einem öffentlichen platz, gegen abend. noch ein schlag, und den blockt der lehrer. im schatten eines bankgebäudes. die sonne noch am untergehen, noch dämmert es nicht richtig. zuseher, auf steinstufen, in hastig hochgezogenen distanzgesten erstarrt. hände, um mobiltelefone geschlossen. der jüngere keucht unwillkürlich, und der ältere spuckt blutigen speichel aus. da verharren sie kurz. bis hierher, das ist ein doch recht weiter weg gewesen.

der junge wollte was wissen, und die frage wurde drängender, als er sie wiederholte, in dem café mit aussicht, in gegenwart des lehrers, auch eines juristen und eines alten volkswirtschaftsprofessors. seine kiefermuskeln zitterten heftig da, und das nicken, das er bis dahin an sich gehabt hatte, war verschwunden. nicht,

sie hat gekündigt, ist pleite, macht sich nützlich in dem haus. und dann vergehen zwei/drei monate, solange dauert das tatsächlich. bis der typ, jetzt immer öfter hinterm mischpult, auch bei konzerten , versteht, was los ist. dass sie schwanger ist. sein kind. oder die off-chance, dass es von diesem anderen ist. von dem, der nicht geblieben ist.

dass der alte mann da, der professor, auch nur zuckte. stand der junge auf. unwillkürlich, so, als hätte er sich bloß etwas weiter vorbeugen wollen, mit viel zu viel kraftaufwand. stand da, und der sessel hinter ihm fiel um. redete laut jetzt, schrie nicht, aber schrie nur fast nicht. „fehlverhalten, ja? und der polizei nichts sagen? aber auf-dem-laufenden-bleiben, das wohl? was war denn das nun für ein fehlverhalten?“ mit einem tonfall, dachte der lehrer, wie aus einer sitcom. schon ehrlich, die empörung. bloß wusste die selbst nicht, worauf sie hätte hinauswollen können. wurde wieder leiser, wandte sich dem juristen zu. als der was sagen wollte. „und du, du halt die klappe, ja?“ ging unverständnis zwischen den drei anderen herum. in weiten blicken, signalschmunzeln, und todernst dabei. der junge wieder auf den professor ausgerichtet, stand über ihm beinah, also hangaufwärts. schulbuchbilder von bronzezeitjagden im kopf des lehrers. als müsste der junge den alten überwinden, auf einer flucht ins freie, als wäre das hier überlebenskampf. zuviele bilder, sagte der lehrer sich, und stand gleichfalls auf. bewegungsdrang, auch drang zu besänftigen. hand auf die schulter des jungen gelegt: „warte mal, ja? ich muss mal schnell.“ folgten dem lehrer die blicke der anderen beiden. ging rein, ging zur toilette, stand vor dem pissoir und konnte nicht. schluckte schwer, ging wieder raus.

der junge in der zwischenzeit hatte sich reingesteigert. das nicken wieder, ganzkörpernicken, aber jetzt im stehen. und die arme.

wenn sie sich zuhause meldet, erzählt sie nichts von ihren träumen. in denen ist feuer, das gebäude angreift. die enge von alten verkaufsräumen und gassen. da ist flucht. da ist was, das sie dem kerl beschreibt, der bei ihr geblieben ist: visionen, sagt sie. zorn. etwas mit einem baseballschläger: das ängstigt sie nicht. ihr schlaf ist tief.

ob das angriffsgesten waren, oder gleichgewichtsrudern, nicht deutlich. sagte gar nichts, als der lehrer wieder ins freie trat und auf den tisch zuging. die beiden anderen, jurist, professor, dieses repräsentanten-duo, diese opfer, angespannt, hände um armlehnen geschlossen, noch keine panik, oder fast noch keine, die sahen ihn noch nicht, als er sich näherte. arschlöcher durchaus, dachte der lehrer, die beiden, zumindest der jurist. klammheimlich sympathie mit dem ausbruch des jungen, sogar mit seiner wut, karikatur einer wut. die machte das alles auch irgendwie leichter, entband sie beide davon, das zu ende zu treiben mit dieser suche, und nochmal: ärsche durchaus diese beiden. war auch noch stolz auf die eigene selbstgerechtigkeit, der lehrer. sich dessen sogar bewusst, dass das vielleicht ein schlechtes zeichen war. umrundete einen anderen tisch, dort bunte gewänder und müde gesichter, den jungen beruhigen jetzt, dachte er.

bis an diesen punkt war er sich sicher gewesen, der lehrer, dass sie nichts finden würden, also schon irgendeine gewissheit sich verschaffen könnten über die, um die es da schon längst nicht mehr ging. die seine geliebte gewesen war, und die mutter dieses jungen, und flittchen, und schlägerin, stripperin, studentin. eine gewissheit, das schon. aber sowas mit ‚da lebt die jetzt' und telefonanschluss und allem, daran hat der lehrer nicht geglaubt. auch kaum darüber nachgedacht. das war nötig geworden, die zu suchen: das war für ihn nicht ignorierbar gewesen, wessen

---

der hat freunde in so einem haus mit tonstudio im keller. aber es wird ein zimmer frei, und er hilft denen mit tontechnik und abflüssen. punk ist da schon tot. und keine auseinandersetzungen für diesen kerl: nichts, das er verlieren könnte. low profile. ob das wegen ihr ist, denkt sie. wartet viel auf ihn. in diesem zimmer. liest.

kind dieser dealer-sam da war. das hatte zwar sein lehrerleben nicht zerrissen, aber doch an grundbedingungen gezerrt, den zu treffen, und die monströse wette mitzukriegen, die der mit diesem hausbesitzer laufen hatte. da war eine art von handlung, story, suche eben, fällig geworden. die war man angegangen. aber hätte er ohnehin gar nicht ausgehalten: die von damals war über dreißig inzwischen, ganz anders, oder nicht ganz anders. so oder so nicht wünschenswert, die zu treffen. zumindest bis an diesen punkt: als er wieder zum tisch trat, wo dieser sammy stand und zu schnell atmete.

der hatte was gesagt, vielleicht war ihm geantwortet worden von einem dieser beiden, und das hatte der lehrer alles nicht gehört. da nämlich, dass ihn das plötzlich empörte, nichts finden zu können. so blaffte er den jungen an, sich zu beruhigen, und dessen weiße knöchel schnellten in der luft rum: „die sau da, hast du die gehört? war ein ‚fehlverhalten', ja, und er sagt das nicht den bullen? der hat schon kapiert, dass er das verdient hat, oder?" drohte richtung schildkrötenprofessor. der ohne erkennbare regung. „und macht auch noch einen auf voyeur." da kam sowas wie ein räuspern von dem, das wurde weggewischt. und auch hart kichernd kurz der junge. „hat sich verliebt, nicht wahr? hat die stirn, der blöd zu kommen, und das dann aus der ferne zu verfolgen, was die so unternimmt in der folge. und ist zu feige, uns das zu sagen, was das ‚fehlverhalten' damals gewesen ist. oder?"

die holen sie dann ein. sie führt sie durch gassen und innenhöfe. sie schlafen mit ihr, und küssen einander, in einem blumenbeet, hinter häuserfronten. da erklärt sie sich, das mit one-on-one und mit sieg und niederlage. der helle verschwindet. der dunkle bleibt bei ihr.

nochmal räuspern, und der angesprochene macht den mund auf, wird wieder sein wort abgeschnitten. „weiß ich doch alles. kenne die geschichte."

wollte der professor beginnen, was zu erwidern, und hatte der jurist sein telefon in der hand, zeigefinger am tippen. und merkte der lehrer, dass es still geworden war rundherum. die anderen gäste beobachteten, was abging. sah der lehrer eine, die leckte sich schmaler werdende lippen. als der junge die rudernde rechte nach hinten zog, ein ausholen, viel zu schnell plötzlich. da hätte man doch vernünftig drüber reden können, denkt er jetzt, und findet die vorstellung lächerlich. ging die faust des jungen gegen die gealterte professorenbrust, bevor der dazukam, etwas zu erwidern. und keuchte, das klang zirkushaft, findet der lehrer jetzt. dann nochmal die ausholbewegung. der junge in sicherem stand da schon. aber diesmal fing der lehrer das ab. griff dazwischen. fand diesen zorn beinah berechtigt. aber dass der ihm die möglichkeiten abschnitt, vielleicht doch noch was zu finden, also weitergewiesen zu werden vielleicht von den beiden da. und außerdem der jurist, am telefon, ganz leise, aber gut zu hören für den lehrer, eingespannt zwischen dem jungen und dem professor. „ja, eine schlägerei. ich sage ihnen die adresse, warten sie."

instinktiv und blöde, was dann kam, denkt der lehrer jetzt, im nachhinein, außer atem, auf einem platz ganz drin in der stadt,

zu denen geht sie. die sind mager und merkwürdig ruhig, der eine ganz in schwarz, der andere naturleinenhell. da hat sie cowboyfilme im kopf, als sie auf die einredet. dann geht sie, weg von der eisdiele, und als sie außer sicht ist, hört sie den tumult losbrechen. die schlägerei. dass die den kerl abhalten, ihr zu folgen. stellt sich das bildlich vor, im gehen.

da, wo ihn der junge gestellt und nach ihm gedroschen hat. das ist wieder ein grund zu lachen. es schmerzen kehle und zahnwurzeln, und er spuckt noch eine ladung blutspeichel aus. der zieht fäden von seinem kinn, bis auf die arme des jungen. bei dem zuckt angeekelt was im gesicht, aber er lässt nicht los. noch immer verschnaufen die beiden. adrenalin, und verkehrsgeräusche. als wäre das eine umarmung jetzt. als wäre das unkontrollierte lachen des lehrers das eines betrunkenen.

das weiß der lehrer nicht mehr, warum er so gehandelt hat. findet das durchaus geil jetzt, dass er das überhaupt konnte. eröffnete drei neue fronten damit, aber war schnell, nicht täppisch, und keuchte nicht dabei: geil, im rückblick: wie er nach dem telefon in den händen des juristen griff, quer übern tisch, und das gleichgewicht dabei verlor. sodass er nicht mehr zwischen dem jungen und dem alten stand. rappelte sich dann auf, warf das telefon des juristen im landesdienst weg, parabel übern hang, und richtete sich neu aus. da stand er fest, und streckte die arme. so schickte er den jungen zu boden und fixierte den professor im sessel.

die frage des juristen, was der lehrer sich einbilde. der junge fluchte. betrachtete die schürfungen auf seiner handfläche. bloß der gealterte volkswirtschaftler ohne wut. starrte aufmerksam ins gesicht des jungen und redete zum lehrer: „darf ich raten? sie suchen die? die mich angegriffen hat? sie sind – was? ihr vater und

---

der setzt ihr nichts entgegen. da gibt es nichts, dem sie sich anpassen könnte. da bleibt sie ganz bei sich, und das missfällt ihr. der weg, das zu beenden, so zwei/drei wochen später, bietet sich. auf dem vorplatz einer eisdiele. der, den sie langweilt, holt gerade eis, und da sind zwei männer, gegenüber, auf steinstufen.

ihr kleiner bruder? nein. großer bruder und – sohn? ah. exfreund und sohn.“ – gedankenpause, zeigte auch mit behaarten fingern auf den jungen – „und was macht dich da übrigens so wütend?“ – der junge sagte nichts darauf. drohte mit einer hand, stützte sich ab mit der anderen. war an dem lehrer, da zu reagieren. mit aufklärergehabe, das gefiel ihm selbst nicht recht: „das wort ‚fehlverhalten‘, denk ich mal. und dass es sie nicht im geringsten zerstört hat, was passiert ist.“ – jetzt der junge, weinerlich ein wenig: „sowas wie die hand von dem da“ – meint den juristen – „so eine bleibende verletzung, wär das mindeste. du hast das unter ‚erfahrungen‘ verbucht und ‚deinen frieden gemacht‘. und die, die du belästigt hast, ja?“ – jetzt schwoll die stimme wieder an, versteifte sich die haltung am boden, unter zugzwang, flucht-nach-vorne-augen. „die, die du belästigt hast, die ist jetzt irgendwo, die ist verschwunden, ja? die finden wir nicht mehr, wegen dir.“ stand wieder auf dabei und schaute sich um, und bemerkte das jetzt auch: dass die schwiegen, rundherum an den tischen, und beobachteten.

inzwischen hatte sich der jurist wieder gefangen, trat zum lehrer, stieß ihn an der schulter. „ich habe sie gefragt, was sie sich einbilden, mein telefon –“ und das ging dann schnell. rammte dem der lehrer, auch das im nachhinein unerklärbar und blöde und geil, also rammte dem einen ellenbogen in den bauch. drehte sich zum jungen, da wurde seine aussprache hastig: „nicht wegen dem da,

der hat eine stoppelfrisur, und der ist durchtrainiert, und über dreißig ist der auch. den langweilt sie. das kennt sie da noch nicht. der nimmt hin, dass sie da ist, ding unter dingen, die sich eben sammeln. redet freundlich. der wartet, denkt sie, dass sie wieder geht. da weiß sie nicht, was da zu tun wäre. da ist kein spiel. da ist nichts zum mitspielen.

dass wir nichts finden. die hätte sich von euch, oder von mir, sowieso nicht mehr finden lassen. die hast schon du vertrieben, oder das, was du bedeutet hast für sie. oder der erich vielleicht, oder ihr beide." seitenblick zu dem alten, der volkswirtschaftsschildkröte, dem befriedeten täter. und der lachte. eruptiv, aus voller kehle. als hätte man ihm einen guten witz erzählt. lachte weiter, blickte auch zu den nachbartischen, um zustimmung zu heischen oder so, als der jurist wieder auf den lehrer losging und nach dessen handgelenk schnappte. verteidigte ihn der junge, schlüpfte hinter ihn, und stieß mit seinem kopf nach dem juristen. lief der lehrer weg. in sichere entfernung.

während hinter ihm der junge nochmal nach dem juristen trat, plötzlich selber lachend, das hörte der lehrer, diese gekünstelte tiefe, coole lache, die er schon kannte, machte der lehrer halt. das verstand er nicht, was da passiert war. auch deutlich das keuchen des juristen im landesdienst, der keine faust mehr ballen würde. und schluckte der professor da sein lachen. sagte ganz ernst, und laut genug, dass noch der lehrer es hören konnte: „ich hab gekriegt, was ich verdient hab. wo ist das problem? dass die sich nicht mehr rührt bei euch, dafür kann ich doch nichts." schaute der lehrer nochmal hoch. die wut des jungen, ging ihm plötzlich auf. die musste aus einer vorstellung kommen: die hände von diesem kerl da, und die titten des mädchens, das seine mutter war. sowas in der art. und da musste man auch noch froh sein, dass der das

beginnt als kellnerin zu arbeiten. der typ, mit dem sie in die stadt gekommen ist, in einem weißen pickup, hat ein lokal gepachtet. kaum, dass sich das rentiert. dann hat der streit mit seinem barkeeper. schwarzarbeit und stundenlöhne. brüllen sich an, nach sperrstunde. der barmann kriegt seinen willen, da geht sie mit ihm, und draußen fast noch winter.

nicht wirklich gesagt hatte vorhin. so auf die tour von „übrigens junge, die titten deiner mama: respekt!“ die möglichkeit so einer aussage war es, die den jungen da am kochen hielt.

alles zu schnell, alles zu spät. der junge wütete. tier in der enge. wie weit man von da aus sehen konnte, wo der war, und wie wenige bewegungen da offen standen, zwischen tischen, sesseln, topfpflanzen. auch noch schön finden zu können, was geschah, aus der entfernung. die panik im fleisch, gegens tageslicht, gegen blicke. kam der lehrer wieder näher, paar schritte, darüber dachte er nicht nach, das wollte er sehen. auch das rundherum, im schweigen der anderen hinter ihren getränken: wie die nach hause gehen würden, später, in kleinen gruppen, und über den ausbruch dieses jungen mannes reden. würde sich verständigen, in allen möglichen jargons, dass man nichts daran verstehen konnte. das eigene leben wäre sinnvoll, und irgendwer hätte die polizei alarmiert.

gab der junge dem juristen einen weiteren tritt. sehnen am schlanken hals, auch am handgelenk. der getretene kroch weg, kam unter einen tisch, blieb ohne orientierung. auch sowas wie ein gellen, als es ihn getroffen hatte. blut, ohne dass der lehrer sah, woher genau das kam.

---

was sie mit denen tut, darum geht es nicht. hat noch kein spiel gefunden, das sie nicht mitspielen könnte. schreibt postkarten nach hause, ruft manchmal an. lebt gar nicht schlecht, erzählt sie. je nachdem. erzählt den eltern, dass sie in wien die letzten beiden klassen zur matura machen wolle. da ist sie jetzt. und aber erstmal pause, sagt sie auch.

griff dann der junge nach dem professor, beidhändig, langsam, wie in einer übung, und vor einem spiegel. niemand rundherum, der aufstand, oder auch nur flüsterte. sah der lehrer den kellner drinnen hinterm fenster stehen, unsicher darüber, was zu tun wäre. blendete den weg. wie sich der aktionsraum, der dem jungen offen stand, vergrößert hatte. und wie er den alten da in den aktionsraum reinzog, hochzog aus dem stuhl. am kragen. jetzt zeigte auch der sowas wie angst. rief heiser, dass er nicht verstehe, was er ihm, dem jungen da, getan hätte. bemüht darum, dass andere ihn hörten. „glaubst du nicht, ich hab die selbst gesucht, hä? du verrückter?“ der junge lockerte den griff ein weniges. blickte hastig in die runde. „hab mir ihre adresse rausgesucht, ein jahr später, als ich wieder im dienst war, ja? und war dort! hab sogar zugeschaut, wie sie einmal das haus verließ. da war keine spur von dir in dem haus, oder von dem da drüben.“ gemeint war der lehrer. da wurde ihm bewusst, dass er noch nicht verschwunden war. dass er noch immer dastand und das ganze faszinierend fand. und blöd, das auch.

musste der lehrer rüberrufen, über den niedrigen zaun, der den hang von dem gastgarten trennt: dass der junge den in ruhe lassen solle. hatte auch der professor sich in was reingesteigert: „wie der von der polizei mir gesagt hat, dass man die eine gefunden hat, und dass die jetzt auf der flucht wäre, mit einer zweiten, ja? war ich stark versucht, denen von ihr zu erzählen, also davon,

und hat den umkreis ihrer heimatstadt verlassen. langsam, ganz auge, ganz durchblutung, ganz bündel von bewegungs-folgen. von denen, mit denen sie mitgeht, wollen einige ficken. andere wollen reden, oder schweigend vor häusern sitzen. wa-ren auch welche dabei, die hatten baustellen zuhause. da hat sie dann geholfen für paar tage.

wer die ist, diese andere. was ich der getan hab. ohnehin nicht viel, im verhältnis zu dem da drüben.“ meinte den juristen, der sich langsam vortastete, weg von dem jungen, richtung tür. „nicht aus gerechtigkeitsempfinden, dass ich nichts gesagt habe.“ da hustete er, und stand der lehrer ganz am zaun jetzt, den entgleisenden gesichtsausdruck den laufkundschaften zugewandt. und schrie rüber. und unterbrach das lachen. „oy! lass den in ruhe! komm!“ und fühlte sich nüchtern dabei, und verschwitzt, und erschöpft. wartete nicht darauf, den blick des jungen einzufangen. musterte die am zaun, ihm gegenüber. fand die alle scheiße. die ihn auch, anscheinend. aber leuchteten: hatten was zu erzählen jetzt, irgendwem, später.

und der alte volkswirtschaftler, im würgegriff von diesem dealer-sammy, besann sich. sagte nichts mehr. der würgegriff lockerte sich erneut, und der lehrer, der beobachter, der typ, dem alles auseinandergebrochen war und nichts mehr zu erzählen, stand da, als wäre dies ein augenblick der ruhe. als dürfte er es sich erlauben, jetzt an dieses vater-mutter-kind-foto zu denken, das ihm der junge gezeigt hatte. als dürfte er jetzt darüber reflektieren, dass ihn das beruhigt hatte, wie sehr da alle auf dem bild ganz sexlos ausgesehen hatten. auch, wie diese art beruhigung ihm bedenklich war. kam spurlos, ging spurlos, der moment. wiederholte sich: „komm! lass den!“ fragte der junge: „warum? was gehts dich an? und bist du noch immer nicht weg?“ aber die stimmlage,

geplant hat sie das nicht, durchaus nicht. etwas in ihr vielleicht. aber war nicht strategisch gedacht. jetzt ist sie unterwegs. von kerl zu kerl. war auch schon mal ein mädchen drunter. da ging sie mit, als die den anderen, den, mit dem sie gekommen war, im billard schlug. die wollte nichts von ihr. das war nicht wichtig.

die erkannte der lehrer, die war nicht mehr problematisch. die war ruhig, bemüht um tiefe, jetzt auch lautstärke, offensichtliches produkt von eiligem kalkül. „nochmal: die ist weg, die finden wir nicht. und das ist nicht die schuld von dem da, oder einem der anderen ärsche. die zwei da verprügeln, das hätte jede andere machen können. das hat nichts damit zu tun, warum die damals aus eurem haus verschwunden ist. du kläffst einfach den falschen baum an." ließ der junge währenddessen den professor ganz frei. aber der lief nicht weg, ging nicht davon. stand da. jetzt war der dran mit beobachterrolle, und löste auch den augenkontakt zu dem kerl, dessen mutter ihn ins krankenhaus geprügelt hatte. sah sich um.

der junge übern zaun, zum lehrer hin, nickte, wieder kontrolliert: „darum gehts doch gar nicht mehr. dir nicht, mir nicht. aber ist nicht der falsche baum, den ich ankläffe. die hat mit allem recht gehabt. das hat der arsch da mir bestätigt. da kannst du weitermachen." – der lehrer leiser: „wie: mit allem recht?" – „checkst du's nicht? erst mal als flittchen, ja? die du gekannt hast, ok? nimmt das, was sie alles sein kann, ganz und gar ernst. versuchsweise, von typ zu typ. ist scheiße. irgendwann hört sie auf, wenns am schönsten ist, oder treibts auf die spitze. wie du willst. wird dann also mutter. dann hat sie das auch durch. auch das nur ein beschränkter rahmen für sie. ich meine, schau dir erich mal an, ja? und mich dazu. einen dreijährigen. würde ich auch durchbrennen.

---

kam auch immer wieder heim, und verschwand wieder, da machte man sich sorgen. nicht übermäßig. waren noch andere kinder, söhne, da. und dachte nicht nach, was sie tat, als sie sich von so einem kerl daheim vorbeibringen ließ, um ihre sachen abzuholen für ein langes wochenende. nahm ihren pass, die zeugnisse und alles mit.

dann aufs dach, und acid und so: neuformatierung der festplatte, ja? nochmal ganz von vorn. aber diesmal andersrum: dass sie alle anderen vor sich hertreibt. also alle, die ihr dumm kommen. benutzt, was sie hat. plant langfristig. wirtschaftsstudium, eh? und die leutchen, die sie da oben aufm dach oh-so-faszinierend gefunden haben. und wer ihr dann blöd kommt, kriegt eine rein. jede wette, die sitzt irgendwo mit viel geld jetzt, vertickt irgendwas teures, halblegales, neuer namen, und die weiß wahrscheinlich nicht mal mehr genau, wer sie war, bevor sie auf dem hochhaus war. oder vor ihrer flucht. und wir stehen da." der lehrer widersprach im stillen, aber nur im stillen. fasziniert, nochmal, und nochmal ganz ruhig. angesichts von soviel identifikation. er seinerseits dachte sich die in einem nachbarland, landeierkommune, oder fabriksarbeit, und mit sorgsam gehüteten viel zu kleinem kreis vertrauter menschen. in einem kreislauf aus bestechung und erpressbarkeit. vielleicht sogar, dachte er, dass beide bilder demselben leben gerecht werden könnten. aber fuhr der junge fort, und war indessen der raum um ihn engültig sowas geworden wie eine bühne. „das bedürfnis, sie zu suchen, war deines. ich hätte sie nur dann ganz gern gefunden, nachdem ich mich auf deinen scheiß eingelassen hab. dann treffen wir die da. ja?" hielt inne. passte irgendwas nicht. klaffte eine wunde in der rede. aber wuchs zusammen, vor dem erwartungsvollen blick der zeugen. „und die kriegen jetzt noch einen tritt in arsch, und das ist dann alles vorbei." – das

und wiederholte das. das mit konflikt, und siegern ausgesetzt sein. und irgendwann war sommerabend, und gerieten betrunkene aneinander auf einem parkplatz. ging sie hin, sah zu. war einer von denen weniger betrunken als die anderen. der blieb am längsten stehen. da trat sie zu dem hin, und der war nicht von hier. damit begann das.

überraschte den lehrer selbst, wie schnell seine antwort kam: „den tritt brauchts nicht mehr.“ – „oh doch.“

und wandte sich dem alten zu, der dastand und beobachtete. „ist alles eine lektion in betriebswirtschaft, nicht wahr, herr professor? theorie und praxis? einnahme-ausgabe.“ der zuckte ein wenig, und der tritt ging nicht in den arsch, sondern mit macht in die eier. hustete wieder, in der waagerechten jetzt. da kams dann doch noch, das mit dem stripclub, mit der mutterbrust, den mütterlichen mädchenschenkeln unter des professors händen. in obszönen, kurzen wörtern, schmerzensmann-jargon. ignorierte der junge, wies bloß, mit kurzer geste, cool, den lehrer auf das gebrabbel hin, das währenddessen immer leiser wurde. demonstration des wahrheitswertes seiner ausführungen. schnellte dann dem juristen nach. schnappte nach dessen gesundem arm. bog den nach hinten. mit einer einzigen bewegung. bog den weit, brach das gelenk, ließ los. man schrie, spitz, ältlich, anderswo im gastgarten. dann gab es blickkontakt zwischen dem jungen und dem lehrer. dann sprach das drehbuch wieder, das nicht wusste, was es wollte. aus dem jungen: „und jetzt zu dir, du lauwarmes arschloch.“

und der lehrer verstand das nicht, von vorne bis hinten nicht. jetzt, im letzten licht auf einem platz in der stadtmitte, in was verkeilt, das fast eine umarmung sein könnte, mit dem jungen, denkt er daran, dass er das noch immer nicht kapiert. aber an der stelle:

---

und lernte, wie das sexy war: blut aus nasenlöchern, konzentrierte körper, rückzug mit dem sieger. war screen, war oberfläche. bloß reaktives bündel nervenenden. war diesem anderen, dem kleinstadtscheiß und oberstufenlernziel, vorzuziehen. hätte sie so nicht gesagt, aber: dass sie in dieser weise niemand belog über ihren status.

als sich der junge ihm zuwandte und sagte, „jetzt zu dir“: dass es ihm da fast wichtiger gewesen wäre, das zu verstehen, als vor ihm zu flüchten.

verfolgte nun der junge den etwas älteren. erst mal den parkhang runter, dann quer übers fußballfeld, dann durchlass, straße, seitenweg, allee. wunderte sich der lehrer, wie schnell er selber lief. und wusste nicht, wie lange das gehen würde. hatte seitenstechen auch. als er sich verhaspelte, ganz knapp an einem auto, das kam mit vierzig sachen ran, spürte er das. der junge kam näher, aber nicht ruckhaft. langsam. und gabs nicht auf: das wunderte den lehrer mehr.

durch gässchen. hörte hinter sich, wie der junge einen passanten umstieß. kerl im beigen anzug, volle einkaufstüten. etwas platzte. dann eine kreuzung, orientierte sich ganz kurz, rief dabei hinter sich: „was soll die scheiße?“ kam keine antwort, kamen bloß die schritte näher. konnte der lehrer schon das emblem auf den turnschuhen des jungen sehen. dachte dran, stehen zu bleiben und die wucht, die der junge haben würde, abzufangen. den zu boden zu werfen und dann das selbe nochmal zu fragen. entschied sich dagegen. nicht, weil er an den gebrochenen arm des juristen gedacht hätte. bloß so. verstand auch sich selbst nicht mehr. aber das störte ihn nicht.

das fand sie geil. den sieg nicht, das besiegtsein nicht: das ganze. dieses ding. geil genug, sich dem auszusetzen. will heißen: ging in eines der lokale, wo sie abends hocken, und zettelte was an. so eine rauferei im flur: machte sich zum gegenstand der auseinandersetzung. ging dann mit dem heim, der den anderen zu boden schlug.

noch ein paar gässchen. gut versteckte gässchen. solche ohne namen. die kannte er noch, seit ihm die mutter des kerls hinter ihm die gezeigt hatte. ihm damals. einem anderen. aus einer anderen art von geschichte. musste selber wen anrempeln jetzt, kleines mädchen, ranzen, an einer ecke, und sein atem reichte nicht mehr ganz. in bewegung wieder, rief nochmal nach hinten. klang aggressiver als beim ersten mal, „warum tust du das?“ erhielt zur antwort: „fick dich.“

die gasse stank nach pisse, das schmerzte in den lungen, oder bildete der lehrer sich das ein. sie stank, und mündete auf den platz, in dessen mitte sie jetzt rumstehen und nach atem ringen, nicht einander umarmend, auch wenn es so aussieht. an der mündung machte der junge halt, setzte tatsächlich, soviel sah der lehrer, zum sprung an. sprang. erwischte sein stoß den lehrer, gerade noch so. brachte ihn damit zu fall, fiel selbst. langsam gehende menschen brachen ihre gespräche ab. ein kleines kind stand nah, und wurde vom asphalt gehoben. die beiden rappelten sich annähernd gleichzeitig auf. drei schritte schaffte es der lehrer noch weiter. dann hatte ihn der junge an der schulter. drehte ihn herum, ohne auf widerstand zu treffen. zog die faust nach hinten und drosch zu. der lehrer verstand gar nichts mehr. das letzte bisschen story war auseinandergebrochen. lachte deshalb. das begann zwischen dem ersten und dem zweiten hieb, der ihn traf. weil nichts mehr sich erzählen lassen würde. spuckte blut, als

nicht übermäßig klug, nicht übermäßig hübsch, nicht übermäßig. ohne angst, ohne begeisterungen. und machte eine beobachtung, und dauerte das, bis sie so fünfzeh sechzehn war, bis sie die machte: was das bedeutete, dass sich die jungs am schulhof prügelten. dass es das gab, so one-on-one, so sieger und besiegte, blut aus nasenlöchern.

ein zahn nachgab. blockte einen dritten hieb, und trat ansatzlos mit dem knie nach dem bauch des jungen. dann standen sie da. lachend und keuchend der eine, bloß keuchend der andere. fast eine umarmung, fast das letzte bisschen tageslicht.

der junge hat gesagt, dass das dann alles vorbei wäre. dann, denkt der lehrer, das ist jetzt. auf diesem platz war er schon einmal mit jemandem, den er nicht wirklich gekannt hatte, aber mit dem er die eine oder andere verbrüderungsgeste teilte. er versteht das hier nicht, und findet das zum lachen.

jemand fragt die beiden, ob alles in ordnung sei. der lehrer hört auf zu lachen. der da, der junge, den er nicht so richtig kennt, ist ziemlich wahrscheinlich nicht sein sohn. er lässt ihn los. geht rüber zu den steinstufen, die zu einem bankgebäude gehören, und setzt sich. wartet. als gäbe es etwas zu sagen zwischen ihnen, etwas, das seine zeit hätte, und die wäre fast da.

der lehrer versteht nicht, aber das ändert nichts. sie werden diese frau, um die es ohnehin nicht geht, nicht finden. sie werden auch nicht mehr nach ihr suchen. ob sie sie überhaupt finden könnten, ist nicht mehr von bedeutung. da ist keinerlei bedürfnis mehr bei dem lehrer, und da war nie eins bei dem jungen. was statt dessen da war, versteht der lehrer nicht mehr. einige monströse spiele, einführungen in die betriebswirtschaft, höchstens.

warum? – zu sagen wüsste sie das da noch nicht. noch nicht genau. wie ihr das auf die nerven ging. und was. der ganze kleinstadtscheiß. so mittelgroßfamilie, oberstufe, fernziel sekretariat, ehefrau und mutter und zusatzeinkommen. hätte sie so nicht benennen können. und nicht davon reden, was sie dran stört.

der lehrer hat sich seiner selbst versichert, der junge hat sich seiner selbst versichert. sie sehen scheiße aus. beide. blut, und gerissene kleidung. schwerer atem, immer noch. der junge setzt sich neben ihn.

an irgendeiner stelle: ein mädchen, das von zuhause abhaut. auf beifahrersitzen und ladeflächen. ganz auge, ganz durchblutung, ganz gleichförmige atmung, so geht das monate. dauert, bis ihr überhaupt erstmal bewusst wird, dass es das ist, was sie tut: abhauen von zuhause.

stefan schmitzer

wohin die verschwunden ist um die es ohnehin nicht geht

roman

literaturverlag droschl

Umschlag: & Co www.und-co.at
Satz: AD
Druck: CPI Moravia

ISBN 978-3-85420-754-2

Literaturverlag Droschl Stenggstraße 33 A-8043 Graz
www.droschl.com